imaginist

想象另一种可能

理
想
国

imaginist

The Orchard Keeper

Cormac McCarthy

守望果园

[美] 科马克·麦卡锡 著
黄可 译

河南文艺出版社
·郑州·

图书在版编目(CIP)数据

守望果园 / (美) 科马克 · 麦卡锡著 ; 黄可译 .
— 郑州 : 河南文艺出版社 , 2021.6

ISBN 978-7-5559-1081-7

Ⅰ . ①守… Ⅱ . ①科… ②黄… Ⅲ . ①长篇小说—美国—现代
Ⅳ . ① I712.45

中国版本图书馆 CIP 数据核字 (2020) 第 255497 号

守望果园
[美]科马克 · 麦卡锡 著　黄可 译

选题策划　陈　静　俞　芸
特约策划　李恒嘉
责任编辑　俞　芸
特约编辑　李恒嘉
责任校对　丁淑芳
装帧设计　邵　年 | XYZ Lab
内文制作　李丹华

出版发行　河南文艺出版社
本社地址　郑州市郑东新区祥盛街27号 C座 5楼
邮政编码　450018
承印单位　山东新华印务有限公司
开　　本　850毫米 × 1168毫米　1/32
印　　张　9.25
印　　数　1—8,000
字　　数　143 000
版　　次　2021 年 6 月第 1 版
印　　次　2021 年 6 月第 1 次印刷
定　　价　56.00元

树倒下了，被切割成一段一段，乱七八糟地散在草地上。矮小结实的男人手上有三根手指头缠着肮脏的绷带，用夹板固定住了。和他一块儿的还有一个黑人和一个年轻人，三人围着树桩。矮个子男人放下锯子，和那个黑人抓着根栏柱，一边使劲一边发出哼哼声，终于把那段大木头翻了个身。男人单膝跪下盯着切口。我们最好从这边锯下去，他说。黑人拿起横切锯和男人一起又锯了起来。他们锯了一会儿，男人说，扶稳了。该死的，又来了。他们把刀片从锯开的地方抬起来，盯着木头里面看。嗯哼，黑人说，这下没辙了，是不是?

年轻人走过来看着。这里,男人说道,从这边看。看见了吗?他看着。从这里到上头都是吗？他问了一句。是啊，男人说道。

他抓住那个已经扭曲变形的铁块，那是难以辨认的一小截栏柱，然后扭了起来。这么扭也没用。它完全长在树里了，男人说。我们没办法再往里锯了。这根老榆树现在已经硬得锯子都锯不开了。

黑人点了点头。是的，他说，你说得很对。它完全长在树里了。

第一章

路是惨白的，十分灼热，一段时间以来始终荒无人烟。西边的天空已经被太阳染成红色。他在尘土中缓步而行，偶尔停下来，如同一只肥胖笨拙的鸟儿摇摇晃晃地单脚站立着，查看那些从自己鞋底掉下来的胶块。他再次转身。光芒炫目的水泥路上，远处出现了一个未成形的团状物，正朝着他挺进。那团东西摇摇欲坠，形状怪异，正在慢慢变大，像透过肮脏的玻璃看到的东西，而后它忽然就有了皮卡车的外形和实体，如闪电般经过，走远了，变回了刚出现时那种液体状。

他向着开过去的车漫不经心地把竖着的拇指朝下晃了晃。细小尘埃在路肩盘旋而起，落在他卷起的裤腿上。

滚吧，他妈的，他对着那转瞬即逝的幻景说。拿出自己的烟，数了数，又放回口袋里。他扭头望向太阳。等天黑下来，还有一点儿用处，他嘀咕道。无风的寂静，连那种把落满灰尘的报纸和糖果纸偷偷塞进路边茅草砌成的褐色墙里的轻微沙沙声都没有。

他远远地望见一个加油站的灯光，还有一些建筑。或许是个车辆会放慢速度的岔口。一辆风驰电掣的拖车开了过去，卷起尘埃和废纸，他朝它竖起拇指，看着它刮到路边树上的枝丫，开远了。

就算看见耶稣你也不会停车是吧，他问，伸手理了理自己的头发。

到了加油站，他喝了一大杯水，拿出一根烟抽起来。附近有个杂货店，他慢步走了进去，沿着摆满铁皮罐头和纸箱子的货架，踮着脚小心地走动，拿了些小东西装满了自己的口袋——糖果、铅笔，还有一卷胶带……他发现店主出现在几箱卫生纸后边，正盯着他看。

那个，他说，你店里有没有——他迅速地扫过周围的货品——嗯，有没有轮胎打气泵？

那东西不会放在蛋糕这边，店主说。

他低下头，看见一堆胡乱堆在一起的圆面包和饼干，它们安静地死在了沾满苍蝇粪便的包装纸里。

在那边，店主说着指了个方向。那是在柜台后边深处的一个货物箱，里面有千斤顶、泵、轮胎工具，还有个形状奇怪的柱坑钻孔器。

啊，没错，他说，我看到了。他在货物箱里来回翻找了几分钟。

这不是我要的那种样式，他对店主说罢就朝出口走去。

你要的是什么样式？店主问道，我可从来没听过这东西还有别的样式。

有的，有的，他像在沉思，停在杂货店门边说道，轻轻拍打着自己的下嘴唇。他虚构了一种新型轮胎打气泵。没错，他说道，他们刚刚发明了新样式，现在我们不用再像这样从上往下推动活塞了（拉动打气泵），只要这样抓住把手然后压下去就行了（单手推活塞）。

真的啊，店主说道。

没开玩笑，他说，相信我，这样我们省力多了。

你开的是什么车？店主又问。

我吗？我刚刚买了辆福特。34 年新款福特，V8 发动机，一坐进去就能把你惊呆了……

但轮胎有不少问题是吧？

没这回事。我跟你保证，这是头一回，也是最后一回了，只不过是有个轮胎出了点小问题……说起来，我该走了……顺便问一句，从这里到亚特兰大还有多远？

十七英里。

好的，这下我真的该走了。我们会再见的。

回头见。店主说，希望你顺利把轮胎重新鼓起来。要是用打气泵应该会容易得多。

但纱门发出砰的响声，他已经走到外面去了。他在门廊里站住，猜想眼下的时间。太阳已经沉下去了。有尖厉的蟋蟀声，还有一群夜鹰从炙热的西边飞来，在高处挥舞尖锐的翅膀，追逐着暮色。

有辆车停在加油站前。他咒骂店主,然后又往回走去喝了水。他从口袋里掏出一根糖果条，咀嚼了起来。

过了几分钟，有个人从卫生间出来，从他面前经过，走向那辆汽车。

那个，他说道，你要往城里走？

那个男人停下脚步回头看，盯着靠着汽油桶的他。没错，他说，你想让我带上你吗？

如果可以是再好不过了，他说着，拖着脚步走向男人。我女儿在那边的医院里，我今晚得赶到那儿看她。

医院？具体在哪儿？那个男人问他。

好吧，在亚特兰大。那儿有个大医院……

是吗？那人说道，我只到奥斯特。

那有多远？

离这里九英里。

那我搭你的车到那儿，成吗？

我很高兴能带你走这一小段路，那人说道。

到达亚特兰大的时候，他看见高处有个地名距离牌上写着“诺克斯维尔 197”。那个小镇就是他的目的地。如果有人问他叫什么，他一定会随便胡诌一个，唯独不会提到肯尼思·拉特纳，他的真名。

在田纳西州诺克斯维尔的东边，是群山开始的地方，阿巴拉契亚山脉层叠的山脊和山峰，以其独特的方式让公路变得蜿蜒曲折。首先便是红山，天朗气清时，从山峰上便可以望见如湛蓝长带般的河道，仿佛一个古老的诺言。

夏天要结束的时候，大山在无情的蓝天之下炙烤。果园路上的红色尘土像是从砖窑里跑出来的灰，哪怕只是一小撮，你也无法抓住它们。炙热的风从峡谷吹来，沿着山坡而上，那是一种可怕的气息，带着鹅绒藤、猪圈，还有腐烂植物的气味。沿着大路，红土斜坡上拥挤着枯萎的忍冬藤和积满尘土的干枯豆藤。七月末到来的时候，玉米开始变得干渴，弯曲的茎秆显出颓败之势。一切绿色存在之物都失去光彩和水分。在无休无止的微小灾难之中，黏土噼啪作响，爆裂开来，遭受侵蚀之后裸露的石灰岩如同一群遭太阳炙烤的海豚，灰白的背脊，隆起在阴沉的天空之下。

在林木有限的凉意里，负鼠葡萄和麝香葡萄借着愤世嫉俗般的生长能力到处繁衍，而森林的地上——长满青苔的古老树干到处躺着，有毒的红鹅膏在上面聚集起来，在蕨类植物和爬山虎之中显得古怪而隆重，它们轻轻地后倾，为了让人看见它们那与生鹅肝一样颜色的娇嫩菌褶——有一些原始的东西，潮湿的泥炭沼中，古老的蜥蜴藏在沉睡的假象之下，窥视着一切。

山坡一侧，石灰岩攀爬而上，竖立在参差不齐的悬崖峭壁上，隐现在山核桃、橡木和鹅掌楸盘错的根茎中，而它们必须用尽全力，才能在它们尚且是种子时偶然落下的危险陡坡上扎根。

山坡西面的脚下，有个叫红枝的社区。那地方和 1913 年马里昂·希尔德出生在那里的时候相比，或者和 1929 年他离开学校，在蒂普顿开拓公司短暂当木工学徒时相比，已经大不相同。开拓公司宛如本区主教，留下的遗产包括十余处随意建起的简陋棚屋，它们散落在河谷各处，蹲在冲刷出来的空地上，就像正在赌气的巨大野兽在躬身便溺，又仿佛洪水退去之后被抛弃之所在，带着转瞬即逝却又偶然的气息。尽管建造它们的速度无法和它们的衰败相媲美，但它们之间总是密不可分。甚至在屋顶钉牢之前，腐败的霉菌就已经侵袭了地基。污泥沿着墙板向上蔓延，漆如鳞片般剥落，留下一道道长而惨白的伤痕。它们仿佛在一场可怖的传染病中陆续屈服了。

棚屋租给了一些家庭，他们极瘦，有着褐色的皮肤和深陷的眼眶，这些人不是“混血兄弟[1]”，也不是其他的什么人，他们的人口数量狂热地增加着，仿佛这些人一生都用来制造一众凄惨的子孙，那些孩子在门廊下度过漫长的时间，光着脚，身上只有破烂的衣物，和灾害发生之后的难民没有什么两样，他们无神地望向远方，望着被洗劫一空的土地，神色之中既无希望，也无惊诧，却也没有绝望。他们来了又走，就像迁徙的鸟儿一样，

[1] 原文 Mellungeons，指阿巴拉契亚山脉区域的深肤色人，可能为印第安人、黑人、白人的混血后裔。

没有行囊，每个新到来的家庭都像是上一批人的复制品，只不过是更改了信箱上的名字，后来者的名字被用拙劣的笔迹写在了一层又一层的油漆上，把一个又一个曾经来过的人重新投入他们来时的无名之处。

马里昂·希尔德拿着锤子锯子干到了那年九月末，随后离开，那时候他已经是打承梁、刨椽子的行家。他用自己积攒的钱跟明尼苏达的一家店邮购了一些衣服和一双三十美元的长筒靴，之后就消失了。此后五年他不见踪影，在自我流放的时间里，也干过不少行当，但他从未再穿过工作服，也不曾再碰过铁锤。

那时候，在山口的地方有个叫绿苍蝇的小酒馆。那是一幢四四方方的房子，建在一个垂直的峭壁上，靠底下的脚手架才矗立起来，房子的门面盖得挺高，波浪瓦铁皮屋顶从前往后斜下去，前门笔直地对着马路。房子的一角紧挨着一棵松树，它的树干庄严生长于悬崖的深渊之中——在有大风刮过的日子，深渊便如风管一般，让风从峡谷里升腾起来，穿过山口，猛地呈漏斗状汇集而上。那些夜里，酒馆的客人们脚下的地板仿佛跳起了酒鬼们的华尔兹舞曲，它们起伏弯曲，发出骇人的呻吟声。有些时候，整个酒馆建筑似乎突然疯狂向一侧倾斜，仿佛就要头朝下倒塌。酒徒们停止动作，杯中酒歪斜着，酒馆粗暴地惊跳，扫帚躺下了，瓶子跌倒了，而酒馆缓缓地挺过来了，再一次回到往常的蹒跚平衡之中。酒徒们举杯，谈笑又接了下去。关于酒馆古怪反常的隐喻，则需要在酒馆之外才得以成型。这个酒馆对他们来说就像任何一艘古老的船对水手们一样，是有生命的，它创造了一种鲜有人认识的氛围，一种因为不稳定而产生的稳定感。摇晃，还有那饱受折磨的木头细小而持续不断的哭泣声，全然创造出了某种关于海洋的幻象，以至于在一场剧烈的晃动之后，仿佛能看见一个大胡子水手从甲板上的舱口跳下来，告诉大家索具安然无恙。

酒馆里有个有来头的吧台，据说是桃花心木的，那是1919年的时候从诺克斯维尔的一个酒吧里收来的。它先是被放在了一个洗衣房里，然后去了个冰淇淋店，之后在一个死气沉沉的企业里待了短暂的一段时间，企业在距离红枝几英里的一条也叫诺克斯维尔的街道上，因试图掩盖贪污和诈骗案，不久之后就宣布倒闭了。除去两端那两根白色大理石的陶立克柱，这个吧台只不过是个朴素的东西。没有配套的吧台椅，吧台的正面有个高高的木头脚踏随意安在车轮轴之间。四五张桌子随意分布在屋里，各自搭配着一套破旧的椅子、牛奶箱、一张格格不入的露营折叠椅。深夜打烊之后，老板会打开酒馆后边的门，把所有的垃圾通通扫进张着大口的深渊，聆听深处传来玻璃砸在玻璃上的声响。堆叠的垃圾沿着陡坡倾泻而下，跌落到那难以描述其多样和丰富的不可知深处，蠕动着、成长着。

三月末的一个晚上，喝酒的人们在两束从拐弯处出现的强光中眨了眨眼睛，看见一辆闪亮的黑色福特轿车停在了马路另一侧。那是辆新车。几分钟之后，马里昂·希尔德走进了酒馆，身上的灰色华达呢十分耀眼，长裤如刀锋般笔挺，衬衫是军人样式的，背上有三层褶，腰上绕着一条鞭子末梢粗细的皮带。他嘴里叼着根细长的雪茄烟，走向吧台的时候，所有人都能看见他脖子上，就在太阳的晒痕和头发之间，有个像伤疤一样的沟痕。

他把穿着小羊皮鞋的一只脚踩在脚踏上，从口袋里掏出一把钱币，在自己面前整齐地码成一沓。凯布坐在收款机边的一张高脚凳上。希尔德瞥了一眼那些硬币，抬起头来。

来，凯布，他说，我们喝还是不喝？

当然喝，凯布说着从自己的凳子上爬下来了，然后他思忖道：凯布。他又一次仔细看了看眼前的客人。那个失踪少年幽灵般的面孔，在这个站在吧台前的男人身上一点一点找到了种种痕迹。嘿，他说道，希尔德？你这个家伙……马里昂·希尔德，你是希尔德？

不然你觉得我是谁？希尔德反问道。

好啊，凯布说，这太让人难以置信了……你去了哪里？嘿，巴德！你还记得这个小子吗？这下好了，你说说。

巴德走了过来，盯着那个人看，咧嘴笑了，点了点头。

现在，希尔德说，让这些酒鬼们喝一杯。

当然，凯布又说道，你说让谁喝？

希尔德指了指阴沉沉的吸烟室。他们都喝，不是吗？

是啊，当然没错。他又看了希尔德一眼，迟疑着不知道该做些什么，然后他突然走进那个小房间里喊道：你们听见了吗！人人都有酒喝，马里昂·希尔德做东。快拿上你们的酒杯过来。

拉特纳走到路上，停了下来，擦了根火柴察看自己的小腿。微弱火光之下，他腿上的伤口看起来就像鼓起的柏油。血迹分成三股支流，流经他裤子上的污渍，形成三角洲，又汇聚成一股；一条细痕往下直奔袜子。他丢掉火柴，随即把被火苗燎到的拇指塞进嘴里。

除了腿上的伤，他的胳膊也擦破了皮，疼痛无比。罪魁祸首是一串被放置在地上的倒刺。他抓过一把干草，搓成球点燃了。火光迅速蹿了出来，他把裤腿往上又拉了拉。他撑开手掌抹去血迹，观察着出血的速度。他满意地把湿透的裤腿放了下来，重新贴在了伤口上，随后，他从胸前的口袋里掏出了一个钱包。借着火光，他从中抽出一小沓折好的纸币，数了起来。然后他粗鲁地扯开钱包，把银行卡和照片都抖落在地，仔细地检查了所有的东西，甚至连开裂的钱包内里都没有放过。他用脚把东西拨拉到一边去，把钱放进了口袋里。那团干草已经烧成一个虚空的球状灰烬，仍然有几条如烧红的铁丝般的细细火光。他将其一脚踢开，它也燃尽了最后的星火。远处，路的尽头，有个苍白的发光体高挂在夜色中，仿佛晨曦的第一缕照耀……他是十点钟离开亚特兰大的……现在最迟不过午夜。他再一次察看了自己的小腿，又吸了吸自己的拇指，便朝着光源的方向走去了。

黄绿闪烁的霓虹灯上写着“吉姆逍遥夜”。他鬼鬼祟祟地在几辆停着的汽车之间走着，观察着漆黑车厢里的一切，一边盯着那扇门，门上亮着的黄色灯泡有个灯罩，被吸引来的虫子疯狂地在光中打着旋。他经过最后一辆空车，来到门前，借着灯光，他再一次检查了自己的伤腿，随后进了门。

人们总能瞧见那辆汽车在奇怪的时间离开或者来到希尔德的住处，或是在烈日当头的时刻，反射着太阳光芒，怪异地停在房前，它那线条光滑的肌肉和躁动不安的气息，仿佛一头被拴住的赛马。星期六的夜晚，他会在路边捡起三五成群的年轻人，他们穿着崭新的工装，打算走着去城里，看起来就像狩猎结束隔天清晨聚拢的猎犬——年轻的人们笨拙地爬上了车，一路上都摆出一本正经的样子，在汽车加速到底之前，他们一直用粗糙的嗓音低声交谈。当他们往前探身，越过他的肩膀时，希尔德能察觉他们的气息落在自己的后颈上——那气息从后排吹来，而他们就像被关在笼子里的鸡仔。当他们盯着仪表板上的指针缓慢地划过一条弧线时，一阵漫长的沉默，车子驶上城郊最后一条笔直而漫长的大路之前，指针在80[1]周围轻微摆动。偶尔他们中的某个人大胆提了个问题，他总是对他们撒谎。他说，汽车制造商自己都不知道这辆车到底能跑多快。他们盘算着拉上一辆去撒哈拉沙漠里一探究竟。

到了盖伊街或者是市街，他把车停在人行道旁，然后喊一声：终点站！便看着他们从车上喷涌而出，像马戏团里的小丑们——

[1] 此处应该指时速为80英里，约等于129公里。

五个、六个，他们一共有八个人，都要来城里看表演，一群年轻的乡巴佬，他们的农场里，除了些蔫掉的西红柿和一对瘦得皮包骨的猪，也没什么其他的东西了。透过后视镜，他能看见他们正目送车子离开，他们在人行道上踟蹰点头，像一群好奇的鸟。

到了星期天，诺克斯维尔的酒馆都不开门，它们的玻璃橱窗暗淡而无声，沉浸在一种安息日的寂静之中。那时希尔德开着车取道山路，去和在那里聚集的人们会合。而那里，乃是处在一切公民或是心灵之法律的范围之外。

送信人杰克的嘴是蓝色的，舌头跟松狮狗一样是黑蓝色。他坐在绿苍蝇酒馆门边的桌子旁，正喝着装在搽剂瓶里的桑葚酒。

你在哪儿把他们放下的？希尔德问道。

啊，杰克咕哝了一声，在山顶上。

你现在就在山顶上。希尔德说道。

更高的地方，杰克强调了一句。亨德森谷路。

亨德森谷路？是哪儿？

在山顶的最顶上，我跟你说了……

你觉得他说的是真的吗？琼开口问道。

希尔德的视线从琼转移到送信人杰克的身上。杰克正盯着从自己上衣口袋里找到的一根大而丑陋的雪茄，带着一种醉汉的执着，把它放到了自己的舌头上。是吧，希尔德说道。可能是真的。

大惊小怪，杰克说了一声，把雪茄远远地举着，一滴唾液从雪茄朝下的那方往下垂落。大惊小怪。

被黄色的车灯照射的一刹那，他们如遇光的野兽般短暂地停住了，或者说像头牝鹿，在惊奇中的止步预示着一次紧接而来的逃命。希尔德开着车经过了他们，继续往上行驶。

你不停下来吗？琼问道。

我掉个方向，希尔德说。从他们身后靠近，就像是从他们走过的路来的。我根本不觉得他们走错了方向。按他们走的路线，从赛维尔维尔经过的话，大概有三十英里。

在他们两人座位之间，安放着一个装了威士忌的广口瓶。希尔德听到了拧开瓶盖时金属嘎吱嘎吱的声响，伸出手让琼把瓶子递给他。飞蛾化成白点出现在挡风玻璃前，彼此交融，在玻璃上留下粉屑。群虫的芭蕾舞团在车灯光柱之前疯狂起舞。

他喝了一口，把瓶子递了回去。黑色的引擎盖之下，发动机发出了低沉的爆裂声响。

希尔德想起了老蒂普顿说过的话，就算是个傻子也能看出来，这个活塞已经歪了。他妈的坡脚了，他老这么说。活塞总是磨损同一侧。它们生来的使命就是上上下下。但马路上到处都是，他说，不过，要是说你不是唯一一个上当的人，是不是能让你欣慰一些。

他们在采石场掉头，沿着山路的一侧悄无声息地开回来，轮胎压过沥青上的裂缝，发出沉闷的啪啪声。当车灯照在他们身上的时候，他们立刻彼此靠拢，无声地往路边的沟渠移动着，就像牛会有的反应一样。希尔德把车子缓缓地停在他们身旁。

你好，琼几乎是对着那个离车子最近的女人的耳朵说道。你们要搭便车吗？

随即他们之中的另一个人靠得更近了。她们对视了一眼，一开始那个女人开口道，谢了，不过我们能自己搞定。那个男孩往后退到她们身后。越过琼的肩膀，希尔德发现那男孩没有看他们，也不是在看那两个女人，而是正盯着车子。

你们要去哪里？琼问道。

那两个女人又对视了一眼。这一次是比较高的那个开口。

我们的路程不长，她解释道。

希尔德说，告诉他们，我们可以捎上他们一程。

什么？这回是小个子的女人开口。

这时候那个男孩开口了，两个女人转过头盯着他看。从这里到诺克斯维尔远吗？男孩问了一句。

诺克斯维尔？琼简直不敢相信。你说的是诺克斯维尔？你们怎么可能走到诺克斯维尔。到那里至少有二十英里，可能还不止——是吧，马里昂？

这几个人小声嘀咕着。希尔德已经示意让他们上车。

来吧，琼说，上车吧。我们也要去诺克斯维尔，很高兴可以帮上你们。

每个人坐进车里的时候，希尔德都对他们露出表示欢迎的微笑。借着车内顶灯的光，他看清了他们每个人的脸庞。

车子直冲下山道——那是条能带他们去路口的山路——一次刹车都没踩。坐在他和蒂普顿中间的小个子女人发出了一声尖叫，随后就再没有发出声音，每一次转弯，车子横越过大马路，再次冲进黑暗之中的时候，她一直把手捂在自己的嘴巴上。车灯扫过那些突然出现在峡谷边缘的树木树冠上。车子还在往前飞驰，朝下猛冲，碾过地上的碎石沙砾。再一次拐过弯道，车子在路肩上滑行，烟气怒吼着沸腾而起，碎石四下弹出，在树林里发出如霰弹枪一般的噼啪爆裂之声。

后排有人发出了轻微的啜泣声。有那么几分钟，没有人说话。随后那个小个子女人开口问，我们这是要去哪里？

去我们要去的地……

去镇上，琼打断了他的话。我们去镇上。这条路近一些。他觉得她在靠近希尔德，尽管刚刚她看了自己，还和自己说了话。他看见希尔德的手拉动阻风门的时候，在仪表板的光线下发着幽幽磷光。

他们到达第一座桥，她注意到发动机开始发出怪响。随后道路又变陡，希尔德等汽车抖了几下，才换到了二挡。她没有挪开自己的腿。他用眼角的余光看她，她坐在座位的边上，往前仔细地盯着那陌生的夜色。一只飞蛾从挡风玻璃下面突然出现，掠过她的脸颊。他把车窗摇起来。汽车再一次剧烈抖动的时候，她也颤抖起来，问他发生了什么。

他对她解释道，电机里没水了，但他想起了坐在后排的男孩。他一句话都没说过。坐在后排的高个子女人向前倾着身子，呼出的气息落在蒂普顿的领子上，注视着挡风玻璃，眼神阴沉而疲惫，或许正盘算着在环绕他们的黑暗乡野中来一次绝望的逃亡。

蒸汽锁。他终于开口了。开了这么多山路，它过热了，你得停下来让它冷却一下。

她看了看他，又一言不发地把眼神移开了。一只幽魂般的兔子在车头灯的光芒中停住了，转了转一只白色的眼睛，消失了。琼正在低声跟她说话，她仍然直勾勾地看着前面，不发一声。坐在后排的女人靠回了椅背上。没有发出一点声响。希尔德从后视镜里看见了那半个脑袋轮廓，仿佛一头熊，毛发乌黑而杂乱。他认出了那股气味。尿液般的湿热气息，带着一种轻微发甜的霉味，此刻正漂浮在他们周围的空气里。

车子磕磕碰碰地从冷杉的枝丫下开过最后一道弯，最终在一栋黑人浸礼会教堂前停了下来。希尔德熄了火。我猜她忍不住了，他说道。

他打开车门准备下车，这时他察觉有只手搭在自己腿上。他停下来，回过头。

不是他，她说，不是另一个。

不，他说。好吧，来吧。

他关掉了车头灯，他们走了，淹没在突然的黑暗中。

马里昂，琼用沙哑的声音低声说道，嘿，马里昂？

透过门廊，亚瑟·奥恩比从家里看到他们经过，听见他们在马路的高处停下车开关车门的声音。开始下雨了。黄色的雾在树林中升腾而起。他听见一阵低语出现在夜晚湿热的空气中。走廊角落里靠着柱脚的地方传来一曲古老的民谣，他的一只脚跟着打拍子。他躲在屋檐下，观察着群星的移动。这是个看流星的好夜晚，它们撞向红山隆起的山峰。此时，雨正从无辜的天空中落下来。路上传来女人的笑声。他想起了她星期天早晨坐在马车座位上的光景，那个早晨，当他把马车上的横木拆卸下来，将两只手指扎进骡子的排骨之间时，那头从未犯过错的畜生朝他的耳朵里喷了口气。时过境迁，他老了。亚瑟·奥恩比从他的门廊望出去。他打起了盹儿。

那男孩从大路上走来，抬起头看见了山丘一侧的那栋房子，它看起来阴暗昏沉，仿佛已经被遗弃了。他看不见那个老人，而老人已经睡着了。

天快要亮的时候，他们从诺克斯维尔起程返回，那时东方一片灰冷的苍白色。

你把她带到哪儿去了？希尔德问道。

琼伸出手去找遮阳板后面的烟。他妈的，她可真丑，他开口道，你知道她跟我说了什么吗？

说了什么？希尔德笑嘻嘻地问道。

说我是所有搞过她的人里最棒的男孩。搞她，我的老天啊。

所以是哪里？

什么？

你把她带去了哪里？你们从教堂里出来，但我完全没发现你们进去。你们怎么进去的？

啊哈！在后面，那个小棚屋。

棚屋？

就是厕所。

希尔德用一种不可置信的表情看着他，似乎一时没有接受这个说法，也没搞明白，更是难以想象那个场景。他又问了另一个问题：站着搞？

不算吧，好吧……她半坐着，向后仰，我……她……但那个场景还是超出了他的描述能力，只能让希尔德自己想象了。

你的意思是说——希尔德停顿了几秒，试图做一个总结——你跟她在一个黑鬼教堂的厕所里搞了，而且还是坐在……

琼打断他的话，他妈的，至少我没有带她到那个该死的教堂里面去搞。

车子颤动了几下，在路边停了下来，希尔德整个人靠在车门上放声大笑，连车门都在摇晃，他笑得像是要癫痫发作。终于，他冷静下来，开口说道，是她……

当然是她，他妈的。

哇哇哇！希尔德发出号叫声，笑得从打开的车门跌了出去。他就那样躺在了清晨潮湿的草地上，还在无声地颤抖着。

那地方灯光昏暗，像个马厩。舞池的地板光滑透亮，另一端倒映着投币点唱机和吧台的影子。吧台后边有面长镜子，他看见自己的时候吓了一跳，他的身影卡在门框里，在一堆杯子的上端露出滑稽的姿势。他走了进去，一瘸一拐地穿过舞池，爬上了最角落里的凳子。

酒保正坐在吧台后的一张船长椅上看杂志。他小心翼翼地把页脚折起来，慢吞吞地走到这个男人坐的地方。

来杯啤酒，拉特纳说，他的舌头已经迫不及待地舔了舔下嘴唇。酒保走到酒桶那儿，装满了一个大啤酒杯，拿起小棍刮掉泡沫，递给了那个男人。他接了过去，倾斜杯子，把整张脸都埋进杯子里了。他的嘴唇像是两条又白又肥的水蛭牢牢吸在杯沿上，黄灰的皮肤下，喉部肌肉痉挛般地抽动着把啤酒泵进喉咙，最后把杯子倒过来，喝光了最后一滴啤酒，随后他把杯子在吧台上甩出去，滑向了酒保。从头到尾，酒保带着一种好奇又恶心的心情，看着眼前的人，就像盯着正在交配的猪。

那个，这个还不错，来，我想再来一杯。

十美分，酒保说道。

他在口袋里翻了翻，掏出一枚十美分的硬币。拿去，他说。酒保拿起杯子，迟疑着，又走去装满了它。

这一次拉特纳走了足足有一年。他离开玛丽维尔去了红枝，和妻儿搬进了一栋被遗弃的木头房子里，在那里待了三四天，然后揣着二十六美元爬上了 L&N 公司货运列车的一个空的冷藏车厢，独自一人去了南方。那是因为绿苍蝇酒馆发生的一个意外给他带来了机会：

一夜过后，凯布把垃圾从后门扫出去，那个门外曾经有过一个门廊，那门廊让整栋楼往外延伸出去，变得更宽。这个门廊其实只不过是木板搭起来的而已，几根木梁交叉着从下面简陋地撑起来。夏夜到来的时候，酒鬼们聚集在这里，他们搬来椅子凳子，或者就蹲在那狭窄的扶手上，像落脚的鸟儿。天气和白蚁合谋，侵蚀着这个栖息之所，带着它走向灭亡。那是

1933年一个炎热的夏夜，埃夫·霍比来到了绿苍蝇酒馆。浪子归来（因为非法持酒的罪名先后在彼得罗斯和毛刷山州立监狱被关了十八个月）的戏码吸引了大批祝愿者。他们一个接着一个穿过后门，来到门廊上找寻自己的落脚之地。霍比大受欢迎，正滔滔不绝地讲着奇闻轶事，比如家里的老太婆如何把家传的熬汤骨借给芬内尔太太，芬内尔太太拿骨头煮了豆子，结果把骨头给毁了。这时候，他们脚下地板某处突然发出一道清脆的爆裂声。那是一个安静的无风之夜，热气充盈，那声音带着不祥的气息。谈话中止了片刻，又继续了。

他穿过门，走到门廊上，带着一种躲闪的神色小心翼翼地和他们打招呼，仿佛某个他知晓的人正在扶手之外，神秘地悬挂在黑暗之中。他靠在门框上，把酒瓶举到了嘴边，他的眼睛扫过他们，偶尔与他们眼神交错时，他会闭上眼睛，或者又一次在远处的黑暗中仔细寻找起来，找寻那个仅有的某个会给予他一个细小微笑的、他能够与之交流的人，那是个旁观者，一个局外人。谈话开始打转，变得无聊，但他既不评论也不发问，过了一会儿，大家已然注意不到他了。他从门边离开，走到门廊的尽头，坐在了扶手的最末端。

一阵漫长的嘎吱声传来，仿佛一枚钉子被扯了出来，紧接着那种木头在压力之下折断的清脆噼啪声又来了。大家迟疑地交换着眼神，一阵死一般凝固的沉寂。有那么几个人站了起来，晕头转向，但仍然一言不发。他们开始偷偷瞄向那扇狭窄的门，那是唯一可能的出口，他们心里惦记的不是一共有多少人，而是眼下这些人究竟有多重，如同道路交通专家一般在心里盘算着速度和拥挤的程度。

噼啪声响第三次传来的时候，地板开始显而易见地倾斜了。

大伙儿，埃夫站起来说道，我觉得这儿……但话到这儿就没了，或者说这是大家听到的全部内容了。随后就像拴在一根线上的一群木偶，被一种疯狂的速度扯向门的方向，在这喧闹的撤退中，枪声般的木梁断裂声响盖过了一切，那根线被接连不断的摇晃扼住了，很快，地板在越来越剧烈的摇晃中，猛地下沉。

就在这个瞬间，门廊最远的一角已经从这栋楼身上脱离开来，他们一窝蜂地同时拥到了门边，把出口堵得严严实实，仿佛成了一颗牢牢的挂钉，而门廊的末端往下坠去，划出一道漫长却仍不失优雅的弧线。

此时此刻，这一串挂在门上的人，有那么几个，已经在无声的祈祷和哀求中松开了手，在这于虚空中摇晃的倾斜门廊的地板上滚动着，在飞舞的瓶瓶罐罐里横冲直撞，最后发出惨厉的一声尖叫，坠入了深渊。另一些人抓住了扶手，悬挂在那儿，恐惧地看着自己的同伴们飞速消失在夜色里。

屋子里，凯布和其他几个人绝望地试图解开这一团缠绕在一起挤在门边的混乱，他们终于开始胡乱地抓，不论什么东西，也不管是谁的胳膊和腿，死死拉着，直到抓住了什么。因此那些死里逃生的人要么丢了一只鞋，要么两只都丢了，或者连裤子都被扯掉了。霍比几乎裸着身子，只剩半件衬衫。直到门框发出爆裂的声响，扯走了好大一块墙，他们才从这混乱不安的躯体和碎裂的木头中回到了屋子里。

门廊朝下倾了下去，挂在了仅剩的那根两英寸宽六英寸长的底梁上，晃动了片刻，随后那根木梁断裂了，整个破碎的门廊在一道巨大的瓦解声里，猛地下坠。那些还抓着不放的人松开了手，两个三个，就像从枝丫上被抖落的甲虫一样，掉了下去。整个门廊上演了一场支离破碎的慢动作，在隆隆的声响中，落入深处。

屋子里的气氛被涌动的暴戾搅动着。那些惊慌失措的、衣衫不整的、遍体鳞伤的人们，心里升腾而起愤怒和屈辱感，沉重地呼着气，在一阵沉淀下来的恐惧中冒出冷汗。掉下去的人一个接着一个从前门进来了，血和泥染红了他们，那神色仿佛一个个刚从冷酷无情的刀光剑影中归来的征服者。随着回来的人越来越多，两派人马恨不得杀了对方，他们打起来，一直混战到深夜。

肯尼思·拉特纳照料着自己挫伤的手，他蹲在小酒馆下边的莓树丛里，一言不发，略带惊愕地听着那群人正在互殴和咒骂对方。有人拿来了灯，他看见那闪烁的微光穿过了莓树丛长成的墙。他从口袋里掏出块方巾，用牙咬住，给手做了包扎。然后他小心翼翼地起身，走到路上，要回家去了。一些人三两成群地往出事的方向跑去，手里提着灯火，说话的时候都压低了嗓门。

我找到活儿了，他对她说。

老天保佑，她说，哪儿的活儿？

格林维尔，在南卡罗莱纳州，他说着一边把钱拿给她看。这是车费，他说。但他给了她那三十一美元里的五美元，然后他们去了趟商店。他给儿子买了瓶橘子汽水，把他举起来放在饮料柜上，小男孩坐在那上面，双手紧紧抱着瓶子，正睁大眼睛瞧着。埃勒太太正在说发生了什么。

当天早上科伊·蒂普顿出现的时候，样子像是掉进了联合收割机里。有那么三四个人连裤子都没了——说实话我很想知道他们是怎么做到的——他们大喊大叫地进来一通乱找，要揪出那个打了他们还偷了他们钱包的人。她坐在扶手椅里，身体往前倾，拿着个教会的小册子轻轻地扇着风。我猜小偷就混在酒鬼里，她说。他们要找的人就在他们当中。

米尔德丽德·拉特纳正在面包柜上仔细地查看着，对着面包一个个掐过去。他们在罪孽里打滚的时候，还觉得自己能逃脱出来，她说道，也就是在这个时候，那个人借着神圣的愤怒，对他们发起了进攻。他只不过是抓住了属于自己的机会。

肯尼思·拉特纳摸了摸僵硬的小腿，动了动脚踝。午夜刚过，人们快要到来了。酒保终于抛弃了自己的杂志，焦虑地来来回回，给新来的人满上酒杯。

他喝完了剩下的酒，把杯子放在吧台上。嘿，老兄，他叫了一声。给我再来一杯。听到没有，老兄。

＊＊＊

每周六下午，马里昂·希尔德总会穿着光鲜地到店里来，要么是硬挺的卡其裤，要么是工装裤。他径直走向玻璃柜台，把袜子指给埃勒先生。埃勒先生会把整个柜子的抽屉放在柜台上，希尔德拿起某一双，然后开口问：多少钱？

二十五美分，埃勒先生会如是答。价格没变，还是二十五美分。全都二十五美分，我这儿也没有其他的款式。

希尔德掏出一枚硬币，让它在柜台上打转，然后拿过袜子，坐在火炉前的一个牛奶箱上。他总是一气呵成地把事情做完，脱下一只鞋，再来是袜子，晃晃自己光溜溜的脚丫子，一边拉开炉子的门，把手里小心捏着的旧袜子丢进去。随即他会穿上新的袜子，穿鞋系鞋带，然后再把另一只脚搞定，这只脚上的大拇指被截去了一小段，没有指甲。那时候他在一个化肥厂工作。中午的时候在咖啡馆里吃午餐，三十美分的当日特餐，配的三片白面包放在一张吸油纸上，中间还有手印，吃起来总爱粘在上颚。豆子和淌着油的肥肉泡在从土豆渗出来的油腻酱汁里，连咖啡上也浮着一层油沫，一切都像是被上了油，仿佛来这儿吃饭的人都得了吞咽肌肉萎缩症。下午的时候，他回来了，停好车，那片院子被水冲得狼藉不堪，有个旧轮胎一直挂在那棵长满疙瘩、光秃秃的橡树上，他穿过院子，走进那个没有漆墙的房子。

一个小时之后，他又出来了，洗刷干净，头发也梳了，汽车排气管的爆裂声盖过了蟋蟀温和的叫唤，他小心翼翼地顺着路上的辙开，来到马路上，开走了。

去开心谷或者麦卡纳利区，米德采石场或者薄荷路。这些冒着烟的小屋亮着黄色的煤油灯光，散发着一股烈酒蒸馏器飘出来的淡淡霉臭味。

他一边喝酒，一边跟那些从乡下来的轻浮女孩开着下流的玩笑，她们总在市郊游荡，仿佛走丢的孩子。他喜欢那些不漂亮的：比如莱塔，穿着白色花边的制服，腿有油桶那么粗。还有瘦得过头的。有个没人知道名字的女孩，那瘦骨嶙峋的臀部，简直扎进了他的腿里。他好奇地舔湿了自己的手指头，在她后颈的尘垢上划过，留下了一条白色的痕迹。

有些夜晚他也去绿苍蝇酒馆，和那些老酒鬼一块儿喝，只要还有人，他就一直喝到最后。他，这个如今有钱的小子，重新出现的时候居然不是手握橄榄枝，而是带着叮当作响的钱币和美钞，是他带来了一个繁荣时代，一个喝酒不要钱的乌托邦。

那时候他得靠十八美元活过一个星期，如今他一晚上就能花掉这个数。到了八月，他就满二十一岁了。

接下来的周五，他丢了在化肥厂的工作。艾伦·科纳策刺激他，他就跟他干了一架。并不是因为他对科纳策有多厌恶，也不是因为他自己有多愤怒，只不过是为了让事情有个了断。科纳策是厂子里唯一在个头上能和他相提并论的，也一直在找机会想试探一下他。

注意到科纳策那粗犷的呼吸声消失的时候，他正单膝跪地，手臂钳在科纳策的脖子上。发货大厅里悄无声息，他抬起头看见所有站着的人都围着他们看，而且，在扭过头之前，他就已经知道，皮特里先生也在围观的人群里。工头不在，领班也不在，他们俩的哪一个都会让他住手。他松开手，科纳策站了起来，伸长自己的脖子，像只失声的雄鸡，然后显得漠不在乎，干练地把手插进了后边的口袋里。

他伸出舌头舔了舔流淌下来的鼻血，一股咸咸的金属气息，然后扭头想看看老头会说些什么。但皮特里踏着方头皮鞋，转过身沿着走廊步伐矫健地走了。空洞的脚步声在发货大厅地板和成堆的袋子间回荡。

三四个围过来看热闹的人无声地散开，顺着阴暗恶臭的走廊溜掉了，脸皮甚至都没有在货盘下安家的那些耗子来得厚。他和科纳策喘着大气，又怒目相视了片刻。科纳策先扭开了头，啐了一口，倾着头斜眼看了看他，朝着装货台悠闲地走去了。

领班在下工前找到他，跟他说，我想帮你说几句话，但他什么都不想听。

希尔德并不太相信他说的话，但还是咕哝着道了谢，然后朝办公室走去。你去哪儿？领班问他。去要我的工钱。

在我这里。他说。希尔德转过身来。领班递给他一个信封。

希尔德去蒙克酒吧，喝啤酒直到六七点钟，终于起身回家。八点钟，他已经把一些衣物叠进一个老旧的硬纸壳箱里，阴沉沉地坐在那辆小汽车的方向盘跟前，车头灯划开前方的夜色，编号 129 的狭长柏油路在他身下如同从卷轴上拉出的缎带。他在乔特附近的一个酒吧停了一回车，用咖啡杯喝了两杯温啤酒，买了些烟。山路狭窄，满地都是沙砾，他抓着方向盘，车轮一直打滑。一只山猫窜到路上，腿极长，双眼如灯，弓起身，跑到路肩，不知道往哪个方向去了。

往前再往前，高地在黑暗中起伏汹涌，变得陌生，长路在幽暗森林里崎岖蜿蜒，那里有猫头鹰的树，蝙蝠的洞穴，还有巫婆们的聚会。

他一根接着一根地抽烟，摇着手柄把车窗关上，拿烟头又点燃了新的一根烟，它们接连在一起，发出一点强光，他看着玻璃上映出自己的人影，如暗橙色的浮雕，他吐出一口烟，那一点火光消退，缓缓爬上黑暗的镜子，像是太阳莫名地在夜里升起，他又把玻璃摇下去，让湿润的空气冲进来，他把烟头丢了出去，在引擎盖上划出一道短暂的弧线。他在布莱尔斯维尔加满油，之后就再没有停过车。平原的另一头，山脚的阴影里有河流，月光蜿蜒曲折地流淌在河面上，在激流之处，雕出一众垂饰，更如成群闪光的蛇，越过幽鸣的岩块，逆流而上。有凉快潮湿的空气从挡风玻璃下吹进来。

临近午夜时，他到达亚特兰大，但没有进城。他在一个路边旅馆前停下车，离城只有几步之遥，然后在车里又眯着眼睛待了几分钟。还有三四辆车也停在旅馆前，在霓虹下映出朦胧的光泽。

他穿过门前黄色灯光下那团飞舞的蛾，走了进去。越过跳舞人群的头顶，他从吧台后面的镜子里看见自己眼窝凹陷，阴着一张脸，他感觉到一阵汹涌的疲惫感。他沿着墙边的高柗桌，来到吧台前要了威士忌，连喝了四杯。他开始觉得好受一些了。第五杯酒送到他跟前，一阵玻璃碎裂声从跳舞的人群中传来，他扭过头看见两个男人手里握着酒瓶，正兜着圈子，小心翼翼地盯着对方。一个魁梧的身影从吧台的另一头出现，从围过来的人群里走出来，他揪住那两个打斗者的裤腰带，一手一个，像拎着火鸡一样把他们拉到门外，两人手里的瓶子始终在无力地晃着。

哈哈！瞧瞧那两只火鸡，吧台边有个男人喊道。那个大块头回来了，朝着另一个方向走过去，面无表情，又融入了阴影之中。希尔德喝完他的酒，花了几分钟看了看周围的面孔，他没有一丝酒精带来的兴奋，只有不断涌来的疲惫感觉。他甚至都不觉得自己有多疯狂了。又过了几分钟，他离开了，走到屋外，他迷迷糊糊地想着自己来这里要干什么，又要往哪里去。路易斯安那或者什么地方，从 1933 年 12 月 5 日开始，已经不存在他那种工作了。

他从寂静的黑暗中走出来，地上不怎么平，他踩在沙砾上，有点儿趔趄。他走到汽车边上，打开车门。

要说那是车内顶灯的光，不如说是从那个男人脸上发出来这幽幽的暗光，希尔德愣住了，他举手挥打着车门拉开时搅动的空气。那是一张冷漠而无法捉摸的脸，正盯着他看，希尔德思索着，他不需要解释和说明，只是想和自己的理性经验连接起来，让自己能够搞明白一个人坐在自己的车里，仿佛只要拉开车门就能在顶灯亮起来的瞬间，让他魔术般地出现。

那张嘴咧开了，缓缓露出一个难看的苦笑，有个声音说：你去诺克斯维尔吗？——那音调因为紧张比正常高了八度，带着一丝祈求。

希尔德的手抓住车门，吐出长长的一口气，他提高嗓门：你他妈的在我车里干什么？坐在车里的人仿佛看见什么让人厌恶的东西一样，迟疑着要不要伸手去揪住他，就像看见鸟屎落在自己肩膀上而迟疑着要不要去碰它的人。

那张嘴还开着，又说道：我看到你的车牌上写着布朗特县，我也从那儿来的，从玛丽维尔来的。我猜你是要往那个方向去。我需要有人拉我一程……我病了。那语气让人烦恶，眼神垂了下去，看着希尔德的皮带，好像是在对着希尔德的胃说话。不是有什么预感让希尔德觉得应该把这个闯入者赶下去，而是因为他深切而不可撼动地感到了一种恶，他确信，面对这个已经坐在自己车里的人，至少要捍卫自己的财产。

你确实有病，希尔德说。立刻挪开你的屁股从那里给我滚出去。

多谢了，老兄，那个男人说着一边在车座上移动，一直挪到了另一侧的车门旁，看起来一点儿也没用到身上的什么部位，反而像是顺着滑行装置往下滑了过去。然后他坐在了那里。

希尔德疲倦地把头顶在车顶上。他知道这个人并不是没搞懂他的意思。

我知道你不会把一个老乡丢在路边的，那个声音说道。你从玛丽维尔来的吗？我住得离那儿很近，我从佛罗里达来的……

希尔德跌坐进车里，后颈上的汗毛开始站了起来。他看着那家伙。我可以亲手把你丢出去，他冷冷地说，但并没有伸手碰他。他把钥匙插进去，拧动发动机。他觉得自己非常需要洗个澡。

这真是辆漂亮的车子，那男人称赞道。

顺着地上的沟壑把车倒出来，开到马路上的时候他心想：还是个话痨，这个混蛋。他肯定会滔滔不绝说个不停。

这个想法立刻被证实了，那个男人开始了。老兄，你这帮了我大忙。你知道的，大半夜要搭个便车真的不容易。

是大清早，希尔德嘟囔着，突然换到了二挡。

——尤其是根本就没什么车，而且就算有车过来那些家伙根本不会让你上车……

哈，希尔德在心里想着，不该换挡的。他从眼角瞥见了那个男人的膝盖，他把腿搭在座位上，斜着身子，正在看他。

——我妈也病得不轻，她……

希尔德悄悄把手从方向盘挪到了变速杆上，像鸟儿一样。车速里程表上的指针在发动机的轰鸣声中往上爬升。

——医药费比那什么还高……

他的左脚松开了离合器。此时此刻。在他微微张开的掌心之下，车速猛地降下去了，变速杆在那男人的膝盖几秒钟前待的地方抖动着。

——我真的要好好谢谢你……那男人又接着说下去了，声音低沉，他现在已经把腿跷起来，轻轻抖着，似乎十分舒服。

希尔德把手搭在车窗上，风呼呼地吹到耳边，他还听见不甚均匀的排气声，轮胎在柏油路上开过时呲呲的摩擦声，他试着不再理会那个说话声。

路上没车。他几乎走神了，无休无止无法逃脱的说话声在侵蚀他，把他带入某种湮灭，某种意识的迷糊之中，在预备着……预备着什么？他挺了挺身子。那男人一直没有把视线从他身上移开，但也从未直视过他。

你个混蛋，希尔德心里想。他开始觉得自己会一路开到亚特兰大的唯一目的是把这个家伙送到那里，然后他就会驱车返回玛丽维尔。他的后背很痛。我绝对是疯了，他告诉自己，把手伸进口袋里找烟。这个狗娘养的会把我逼疯。他用拇指和食指从容地从盒子抽出来一根烟，送到嘴边。盒子拿在另一只手里，然后被丢到方向盘前面去了。我打赌我做不到，他在心里默念，我够不到它。他用右手把烟放到嘴里，然后伸手去够那个烟盒，想把它放好。他的手刚回到方向盘上方一半的地方，那个声音，忽然变得清楚又充满希望，说道：

那个，我在想能不能跟你要一根（身体往前倾，已经伸出手）……我已经抽完好些时间了，也没有……

希尔德轻笑着伸直了胳膊把烟盒递给他。可以，他说，你自便。他等了几秒钟，听见盒子发出沙沙的声音，那男人拿出了烟。他察觉了他的犹豫，转头看他。烟盒被递了回来。

谢了，老兄，男人说道。

希尔德等着。男人没有再说什么。继续等着。希尔德想了想，掏出了火柴盒，他抬起腿用膝盖固定住方向盘，然后有些刻意地慢慢从里面摸出一根火柴，划燃。他用手护住火苗，点燃了烟，然后把火柴棍从胳膊上方丢进了车窗外的气旋里，重新抓住方向盘，他舒畅地吐出一口气，把火柴盒放回口袋里。他等待着。

那个，老兄，我能不能借个……啊，多谢，谢谢。

火柴被划燃，噼啪几声。希尔德在挡风玻璃里看见在那火舌上方，男人那张脸被黑与红的颜色投射了出来，像个眼睑低垂的铜像，像面具，既不含糊也不神秘，只不过有些荒诞而不知所云。就在希尔德把视线从男人脸上转去看了眼马路又转回来的这一瞬间，男人抬起头从玻璃里观察希尔德，这一刹那两个人在那火光里看着对方，仿佛两个彼此仇恨的酋长，正坐在部族会议的篝火两侧，下一秒，男人像条鱼一样咧开嘴，叼着烟，熄了火柴。

他们抽着烟，暗夜空气的热浪环绕着他们，沉闷而黏稠。在道路绵延的黑色玻璃里，仪表板是嫩绿的黎明，他们红色的烟头起起伏伏，是黎明之上遥远的信号灯。

他在盖恩斯维尔停车加油，实际上汽油还有，然后带着车钥匙去了厕所。那男人一直待在车里。希尔德在厕所里抽了根烟，呼出漫长的几口烟，最后把烟头丢进了马桶里。用冷水抹了把脸，就走出去了，把钱付给睡眼惺忪的加油站员工，回到车里。那男人还保持着他下车之前的姿势，有一道明显的新的烟雾漂浮在潮湿的空气里。

黎明。薄雾缭绕，牧场上有水汽升腾而起，树白如骨。灌木丛在清晨的湿气里看起来有如金属般坚硬。水珠从挡风玻璃上滑落，他把雨刷打开了。他看着雨刷缓缓落下，像是在祈福的手。他正伸手擦后视镜，右后侧的轮胎传来一声沉闷的爆裂声，汽车往下一沉，停在了路边。

后来希尔德才意识到，那男人错过了一次用千斤顶手柄的机会，他一直等到希尔德从车底下把千斤顶又搬出来然后亲手递给了他，让他把它收回后备箱。也意识到那男人第二次是错误估算了自己徒手把车轮罩重新装回去所需要的时间。因为，尽管他什么都没有瞧见，也没有察觉异样，他刚拧到一半便站了起来，那时候千斤顶砸到了他的肩膀，把他砸倒在车子的一侧，然后是有什么东西砸到了他的头上，他撞在了汽车的后部——他也想起了这一点，但一直到后来才明白，那个东西就是千斤顶的底座。他也没有完全躲过第二次，不过那只是在车门边滑了一跤，那时候那男人从侧边砸过来——他现在回想起那男人的动作了——把车皮上砸出了一个破破烂烂的洞。他跌坐在地上，脑袋抵着车门，抬起头看见了那张居高临下的脸，还不觉得愤怒，只是感到疑惑，他的手臂沾满了泥土，像一只破碎的翅膀。而当那男人拉着千斤顶的手柄，要把它从车门上被砸出的洞里扯下来的时候，希尔德心里想着，动作要慢，他伸出手臂，把手搭在了千斤顶的底座上，然后同样缓慢地在底座上收紧了拳头。男人低头看他，流光逐渐聚集在车身光亮的油漆与路上扬起的白色尘埃之间，他在光之中看见了那张被恐惧雕刻和塑造的脸庞，仿佛某种缺陷。他们就那样保持了几秒钟，他坐着，那男人站着，一人抓着千斤顶的一头，就像停在了它被一个人递给另一个人的瞬间。然后希尔德站起来了，仍然如梦游般迟缓地移动，仿佛是时间自己放缓了速度，他看见男人转身，然而并不像是在水下进行这一切，更像在黏稠的液体里搏击，极端的缓慢。在垂死般的重力作用之下，千斤顶斜斜地落下了，它离开希尔德的手，跌在地上，缓缓地弹跃了几下，而那时希尔德抬起了沉重而僵硬的手臂，他的手指像进攻的猫爪一样弓起来，陷进了男人肌肉柔软的喉咙，那男人当下正要逃走，却如在噩梦之中走投无路。

也不知道是他自己往前摔去了还是那男人把两个人扯倒的，他们已经在地上了。那男人的脸抵在地上，希尔德在他上面，有那么片刻的时间，两个人一动不动，像是相拥而眠的爱人。希尔德肩膀上有什么东西斜斜地坠下来，随着他的呼吸直插他的肺，像是要切断他的气息。他的一只手仍然钳在男人的脖子上，他微微往下倾去，在男人耳边轻声道：

怎么不说话了啊，混蛋？怎么不接着扯淡啊？

他猛地要揪起那男人的头，但男人双手护着自己，似乎任凭自己在马路的沙砾上陷入了思绪。希尔德松了松手，然后沿着后颈一直到抓住了他的喉咙。那男人酝酿了几秒钟，忽然往旁边一扭，朝着希尔德脸上啐了一口，试图挣脱。希尔德也跟着扑过去，按住了他，那男人躺在地上，希尔德跨坐在他身上，手臂像一条绳，从受伤的肩上垂下来。他稍稍往前倾，把一只腿插进了男人脑袋下面，让他把头抬起来一些，看起来就像个体型过大的护理师在照顾伤者。他把男人的脑袋往自己的腘窝里按，手臂已经伸得笔直，他压上了自己的全部重量，用尽全力扼住了男人的喉咙。那张脸庞如没有了骨头一般抽搐了几次，然而却一直没有改变哪怕一丁点儿神色，始终是被恐惧扭曲的表情，带着震惊和不解。希尔德不觉得是自己造成了这副神情，反而这才是男人原本的模样。那张嘴的下颌仍然开着，然而并不像是什么可以从关节上卸下来的零部件，更像是一堆废料，一个在他手里缓慢衰败腐烂的可憎而无用的物料。然后希尔德意识到那男人想要咬他，这一切如此荒谬，希尔德从鼻子里冷笑了两声，那男人的手终于抓在了他的手臂上，那些肿胀的手指头拉着他的手掌、他的手腕，这让他想起了自己曾经见过的幼年负鼠，那些眼睛还看不见、有着粉色皮肤的小东西。

希尔德那样保持了很长一段时间。他觉得这像在挤一个疖子。那个男人最后想说点什么，但什么也没说出来，只发出了咕噜的声响。希尔德看着他，沉浸在一种让人着迷的吸引力之中，他看见那眼睛眨了几下，舌头耷拉了下去。然后他松开了手，男人的眼睛瞪得巨大。

神啊，他喘着气低语，以基督的圣名啊，宽恕我。

希尔德把脸贴到男人的脸庞跟前，轻声说道，你本该找个离那里更近一些的人的。然后他看着男人的肩膀，看见男人正看着自己。他把自己的大拇指伸进了男人的喉咙里，那里已经坍塌了，像一条干瘪的水管。男人把手举起来了，闭上了眼睛，开始打希尔德的脸和胸口。希尔德也闭上了眼睛，防卫着把脸埋进肩膀里。男人打得越来越狠，但越来越慢，最终停了下来。当希尔德再睁开眼的时候，男人瞪着猫头鹰一样的眼睛盯着他，一小截舌头伸在嘴唇外。他掰开男人蜷曲的手指，如同一只凶残的猫爪，也像死去的蜘蛛。他试图让那手掌重新张开，但失败了。他又看了一眼那男人，时间回来了，拨回原状，所有的时钟又都准点了。

那男人死了大概有一刻钟，希尔德踉踉跄跄地走回车子旁，坐在了车子的踏板上，眼睛一眨不眨地盯着红色山丘之上那轮沉重而虚幻的太阳之眼，直到失去了意识。

清晨。他脸朝下趴在路上，在这孩童般的视角里，近处的千斤顶如同倒下的树，稍远处平躺着的男人仿佛一个安稳沉睡的巨人。路边的石头拖着长长的影子，最早的鸟儿已经醒来。

当希尔德听到身后不远的拐角处传来发动机的声音时，他正要把那具沉重的尸体拖进长满石茅草与毒藤的矮木丛里。他停下来了，转过身，一只手拖着那具尸体，要朝自己的车跑过去，跌跌撞撞走到一半，他就意识到自己绝对做不到，他犯了个错误。所以他连车门都没开，一到车旁就放开了尸体，跨在上面，双手拉着车门下的踏板，把脚伸到尸体的腋下，用力把它推进了车底下，脚尖朝上，尸体滑进去四分之三。就在这个时候，一辆货车从远处坡道拐角的地方冒出来，希尔德正挣扎着从车底下站起身。

太阳已经升得很高。越过开阔的山林，可以看见松木上飘着如缎带般的轻雾，像是从沼泽里升腾到潮湿空气里的水雾，雄鸡正在报晓。希尔德从车底下出来，他站了起来，懒散地用脚擦去拖拉弄出来的痕迹。货车在路旁停下。他知道他们一定会停下车，他已经在想自己该做什么，他们一定会看到车下那个男人，也会坚持要帮忙，尤其是当他们看见他的……他的胳膊的时候。他猛地抬起头，从停下来的货车里望出来的两张脸变得模糊了，他低头看见自己的手臂上都是血，胸口的衬衫上也是，已经变干发黑了，他仿佛行将不治地看着那些血迹，这时候货车里传来了声音：

需要帮忙吗？

他一瞬间没有办法把头抬起来，而是被从受伤的肩膀传来的剧痛所钳制，那疼痛仿佛是从货车里被放了出来，但没有让他疼得失去知觉，也未尝是在嘲讽他。然后，他抬起头，望向询问者正看着自己的充满同情的眼睛，带着一种似乎绝不会被侵扰的冷漠平静，甚至对自己这血淋淋的景象也无动于衷。

他们停在马路的另一侧，他越过敞开着的后备箱盖看着他们。当他开口要说"我们"的时候……他想起来，他们看不见他。然而他并不能让自己的思绪超前，也无法对此后可能发生的意外情况有所察觉。他只能选择一个折中的方案：无论如何都没有办法阻止他们从货车上下来。于是他开口道：我们发生了点小问题，脑袋里想着，是的，他们肯定要下来了。这些个混蛋一定会下车来看个明明白白。

两个车门同时打开了，像两只生了锈的翅膀，然后又关上了，玻璃和车门的铁皮里什么填充的东西也没有，撞击着发出一阵咔啦响声。那是一对父子，大块头父亲满脸通红，沟壑纵横，儿子几乎是个翻版，只不过高了一些，瘦了一点。他们带着无穷的神色和无尽的耐心慢慢走了过来，绕过车尾。希尔德慢慢地转着身子，把眼前的一幕扫在眼里，试图想象这一切看起来的样子：那双脚庄严地从车底下伸出来，后面板和车门上有大窟窿，车身上有千斤顶底座砸出来的凹痕，而千斤顶就躺在马路上……

你伤得严重吗？那人问道。

没，希尔德嘟哝了一声，那人的眼神飘得更远了。

发生了什么？

车子出了点问题，希尔德说。这个破烂千斤顶砸到我了。他踹了踹那个手柄。

那人看了一眼地上的千斤顶。是啊，可不是嘛，我老说这玩意儿挺危险的，像把直挺挺的枪。你的同伴还好吗？说着朝那双朝天的脚尖点了点头。

还好，希尔德在心里跟自己说道。他现在怎么样了？然后对那人说：他没什么大碍。消音器被撞坏了。等他把线路重新接好，我们就能上路了。那人在他身边踱步，希尔德把他拦了下来。嘿，希尔德开口了，或许你们可以帮个忙。

什么忙？

抱着你那该死的屁股从这里给我滚蛋，希尔德心里想着，开口说：劳驾，你能把我带去托普敦吗？去找个医生。这要命的胳膊流了不少血。

当然，那人说道，我觉得最好是这样。看起来情况不妙，来吧。

他们朝货车走过去，希尔德落在他们身后，跟了上去。他在车头逗留了一会儿，听到那个父亲上了车，弯下身单膝跪着大声对尸体说：听着，这两位先生要带我去托普敦找个医生，你搞定了就过来找我……你搞定了？他站起来，朝已经坐在车里的那人走了过去，货车的发动机已经启动了。嘿，他说，他差不多搞定了，我跟他一起走就行了。你们先走吧，我们现在没问题了……心想，你们现在要走了吧？你们要走了吗？

行吧，那人倾着身子越过他儿子（眼睛睁得老大，一直沉默着，正要爬进货车里）说道，你们确定都没问题了吗？

是的，希尔德已经朝着他们挥手，多谢了。

不算啥，那人说。他把脸转过去，那男孩点了点头。货车的传动系统发出一阵刺耳的响声，然后发动机熄火了，初晨时分的万里蓝天之下，突然一片寂静。

希尔德呆在原地，听着启动器发出的痛苦声音，心里想着：老天啊，这谁能料到。这婊子养的破烂东西发动不了了……

但它最后还是启动了。发动机挣扎了几次，咔啦作响，慢慢变成低沉的咆哮。传动装置又转了起来，货车开了出去，扬起一阵尘埃，瞬间就已经消失在坡道拐角的地方。

他们绝对没注意到那个窟窿，希尔德说。我敢肯定他们一定没看见那个洞。然后，他心想，如果他们看见了会怎么想呢，他们会想知道那个洞是从什么时候就有的吗？

他转过身，摇摇晃晃地朝着汽车的右侧走过去。靠着车尾的保险杠，他跌进了后备箱里，那只受伤的肩膀就抵在备用轮胎上。他就那样保持了几分钟，有点儿头晕，似乎又一次要失去意识了。

他妈的赶紧起来，他心想，晃了晃自己的脑袋挣扎着站起来。他把手搭在冰凉的车皮上，让自己不再摇晃，然后走到车的另一侧，蹲在那双鞋上。他在心里一顿咒骂，然后一脚顶着车门下的脚踏，抓住靴子已经快要磨坏的后跟，要把男人从车底下拉出来。当那个脑袋从车底下出现的时候，他试着不去看他，但是很快放弃了，他端详了一会儿。那两个眼珠子充满了惊恐，几乎要跳出来了，而舌头仍然伸在外面。希尔德把他拖到了车后，伸手抓过衬衫的领子，把男人抓起来，丢进了后备箱。两条腿还搭在保险杠上，他把它们折了进去。随后他捡起千斤顶，也丢了进去，然后合上箱门，走去从仪表板上摸来钥匙，锁上了后备箱。

入夜了。山间传来猎犬的嚎叫声，在寒气中回荡着一曲挽歌。在这轻柔的寂静中，飞鼠在林木之间跳跃滑翔，一个老人正坐在树下一截废弃的树干上，他焦躁地踩踏着脚下的毒藤，听着史库和巴斯特在低处草地的黑暗中追逐，然后是它们幽灵般穿过河流时流水汩汩的声响，一声细枝或是落叶发出的咔嚓传到他的耳朵里——它们此刻在下面四分之一英里的地方——随后，远处又传来了追捕时的低沉吠叫声。

希尔德转动钥匙，拉着把手掀开后备箱的盖子时，并没有料到那阵紧接而来的恶臭，腐烂的气息倾泻而出，扑到他身上。他甚至连倒退的时间都没有，胃里从深处涌起一阵恶心，踉踉跄跄地逃进旁边的灌木丛一阵干呕，他跪倒在地上，直到一阵撕裂般的剧痛让他抽搐起来。些许时间后抽搐停止了，他在那儿坐了很长一段时间，头昏眼花，嘴里都是胆汁苦涩的味道，他试着告诉自己要走回去，把该做的事情做了。他站起来，抽了根烟。

山上飘来一阵忍冬花的香气，游荡在穿山而过的清凉空气里，树蛙和蟋蟀叫个不停。还有一只夜鹰。忽然，传来了猎犬的吠叫。他的肩膀又疼起来，碎片扎进了他的腋窝。他始终无法深呼吸。他往回走，在树干和树枝轮廓之间的那辆福特车，仿佛一只正在进食的夜行动物，如牛一般的庞然大物。走近车尾的保险杠时，他试探般地闻了闻，随即毅然地把手伸向恶臭的黑暗之中，抓住了一只腿。他别过头往外走去，听到身后传来窸窸窣窣的摩擦声、滑动声，再来是它落地时沉闷的撞击声。从车子旁离开，他拖着它沿灌木丛走了三十几米，或者更远一些，然后停下来喘了口气。尸体似乎变轻了。此后，他拖着它，没有再停下来，一直走向那个废弃的坑井，几乎要喘不过气。他轻轻地躺到草地上，等待肩膀的疼痛缓解，但他手里始终拉着那条腿，他怕自己一旦松开手就不会再去碰它了。又能顺畅呼吸了，他稍微坐起来，疼痛感不见了，只有手里抓着正在腐烂的肉体的感觉。随后他站了起来，走过漫长的三步，歇斯底里地说着，你个婊子养的，你个婊子养的，终于把尸体拖到了坑井边上。

松开那条腿，他往前跨了一步站到男人的尸体旁，粗暴地把它推进了坑里。有一瞬间，尸体的两只手臂摇晃着仿佛在抗议，随后就坠入深处腐臭的水里了。

从山上下来的时候，他两次把车开到了车道外面，第二次的时候他冲过一排漆树，开出一条长长的道，有根漆树枝卡在了保险杠上，仿佛一把旗帜。还有根枝条从敞开的车窗伸进来，抽在他的脸上，划开了一道口子。他甚至不知道自己的后备箱一直开着，直到开回大路上，有辆车跟他并行，他不得不把车速降下来时，才意识到自己从后视镜里什么都看不见。

老人从坐着的树干上看着离去的车灯光影划过树林。当它们消失不见的时候，他从大衣里掏出一根烟斗，装满烟草点燃。两条狗已经围着猎物玩了好些时间，叫声也变得不那么急迫了。他抽完烟，把烟灰敲在树干上，僵硬地把烟斗举起来，指头间套弄着一个用皮带挂在脖子上的中空山羊角。东边，一轮低矮的红月穿过云朵正在升起，那是暧昧扭曲的笑，也是吉卜赛女子挂在深色耳垂上的贝壳串。他举起号角。号声在山坡上回荡、再回荡，夜鸟沉寂了，溪流间的树蛙也不出声了，直到号声飘向山谷的远处，在那里再次回响，那一道悠长而清澈的音调，差不多是一声叹息的时间。此后，夜色里沸腾起狗的喧嚣声，它们的叫吠声汇成回旋曲，如幽灵之犬哀叹自身的消逝。在山谷的那一头，史库和巴斯特的吠声尖锐起来，正再一次穿过溪流。老人放下号角，咯咯地笑起来，往下走向冲沟，踩着沟边的废木作为台阶，小心翼翼地，两脚交替往下走、转身。他砍了一支山核桃木削成八边形，上半截还刻了神秘的图案——一些长鼻子的月亮，若干星辰，以及更新世时期形状奇特的鱼。在升起的月光中，它映射着明亮的白光，仿佛半颗苹果的切面。

* * *

绿苍蝇酒馆在 1936 年 12 月 21 日的寒夜遭了火灾，当时已经夜深，但仍然有不少人在店里。凯布成功地抱着钱箱跑了出来，而且在最后一刻允许大家逃命的时候带上货架上所有能拿的东西，因此在大火的热浪之中，瓶瓶罐罐传递而出的盛况，仿佛某个节日的光景。只几分钟的时间，后墙就完全倒了，在一声巨响之中，旋转着坠入峡谷。屋上的横梁塌下来，锡皮屋顶朝里陷了进去，仿佛一张边缘卷起而扭曲的锡箔纸。很快，整栋房子就在如火车轰鸣的声音里，被冲向夜色的火光吞噬，那火焰发出尖叫挟裹气流冲天而起，把燃烧中的木板高速抛入空中，随后它们如陀螺般旋转着坠下，在夜色中留下一道道鲜红的印记，其后，便坠入峡谷，或是跌落在地上，把围观的人分成两群，受灾处的道路南北各一。身处炙热火浪，他们的脸被喷涂上橘红色，有如南瓜灯。最终，房柱折断了，门面也在呼啸声中向后倾去，在这一次缓慢的行礼之后，屈服于那棵松树脚下，它踩踏在已然爆裂的桩与柱之上，然后有如撑杆跳一般，从峡谷上跳跃而过，随后，地板蜷曲了，所有的建筑，屋顶、墙壁，似乎围着一个捉摸不透的核心一致地卷进去了，最终径直坠入深渊之中。

火焰仍在继续燃烧，喷发出如此巨大的热量，把多年积攒在谷底的玻璃都融化了，它们重新凝结成一大片，形如波浪起伏，把破碎的和烤焦的残渣废物容纳其中，就像一个嵌着瓶盖的萤石器皿。它一直留在那里，顺着峡谷陡峭的岩壁凝固，成了这件往事的地标，仿佛某个无法诠释的考古现象。

第二章

老人蜷在一根低矮的桃树枝上，看着晨阳的光辉映射在蹲踞山头的金属蓄水池上。尽管二十多年来这个果园已经衰败了，他还是看见了一些桃子。那时果子长出来，挤满枝头，但是没有人来采摘，在夜里的时候，枝丫不堪重负纷纷折断，那声音回荡在山谷里，听起来仿佛遥远而狂躁的风暴。老人之所以会以这样的方式想起那个声音，是因为他曾经是个喜欢风暴的人。

蓄水池下有高高的架子，四周被栅栏围起，挂着红色的标识。标识上的字眼让他一直挂念在心里，有段时间了。他时不时摘个桃，割下肉来吃，那些桃子都又小又硬，但他还有一口好牙。他抬起一只脚踩在自己坐着的树枝上，在磨损的鞋尖上磨着刀。然后他弄湿了一小撮手臂上的汗毛，试了试刀锋。很好，他又摘下另一颗桃，削起皮来。

吃完那颗桃，他把刀在袖口上擦干净，折叠起来收进口袋里，用肥大的袖子抹了抹嘴。他从那根树枝上下来，沿着果园一路的衰颓而上，在枯死的灰白树枝中开出了一条道，他不时地停下来，望向山谷的远处，望着那些纵横的黑色土地，以及在阳光下闪闪发光的屋顶。走到大路上之后，他从右侧下山，脚下的短靴踩在红色的尘土上，发出柔软的声响，他那条巨大的短裤始终混乱地飘摇着，仿佛拥有自己的意志。

这是果园里的路，在晨光中安静地映出红色。这条路如蛇行从山脊上蜿蜒往下，沿途都有苹果树遮阳蔽日，另有一些盘根错节的树，已经饱受侵蚀，却仍然一副尚在苟延残喘的模样，只是那些树下连杂草都不曾长出来。更远处有一条小道，从林间的阴影里穿行而过，道上长有细如发丝的野草。它通往放除草剂的坑井，那是个在地上砌起来的水泥坑，以前会用来搅拌杀虫剂。不过最近的六年来，它已经变成了老人看守的一个地窖。从它跟前路过的时候，他想起那天自己从山间走上来，还拎着一加仑的水，那时候有一个男孩和一个女孩，都不过只到他腰部那么高，从另一头拐了过来。看见他的时候，他们停下脚步，他过了会儿才瞧见他们，他提着桶朝着他们走过去，他们看起来很害怕，瞪大眼睛，像是刚刚跑了段路一样喘着气。他们似乎随时要跑掉，于是他笑了，跟他们打了招呼，说这可真是个好天气啊。而他们就那样站在路中央，迟疑着，像野兽那样准备着要逃走。女孩的腿上都是荆棘划出的伤口，他们的嘴被桑葚的汁液染成了紫色。他走过去的时候，女孩哭了起来，男孩拉着她的手，扯着她让她安静，他站得笔直，穿着条背带裤和一件条纹羊毛衫。他们挪到了路旁，一边回头看他走了过来。

他走到他们前面，转过身来对他们说：你们找到好吃的桑葚了？

男孩抬起头看他，就像刚刚都没有瞧见有这么个人，男孩用沙哑的嗓音嘟囔着什么，老人听不懂。女孩忍不住了，号啕大哭。老人开口说道：

怎么了，这位小姑娘怎么了呀？你还好吗，小宝贝？你把自己的果篮弄丢了吗？他就这么跟他们说着话。过了会儿，男孩也哭了起来，然后跟他说废坑那边有个什么东西。有那么一会儿，他没搞明白说的是哪个废坑，随后他想起来了，开口说：

好，来吧，带我去看看。我也不知道那会是什么玩意儿，但管他呢。于是他们顺着那条路走，不过很显然那两个小孩一点儿也不想去，当他们拐了个弯快要到废坑的时候，男孩停下来了，仍然拉着女孩的手，他已经不哭了，只是看着老人。他说自己不想去，让老人自己一个人走过去看看。于是他让他们留在原地等他，那儿没什么的。

他先是看见了果篮，有一只打翻了，桑葚散落在草丛里。几步开外就是水泥坑井，他还没有靠近就已经闻到了一股飘散着的气味，酸腐的气息……有点儿像是坏掉的牛奶。他跨上废坑那破烂的边缘，往下望进水里，那黏稠而发着绿光的水面静悄悄的，光落在上面。有些树枝和一把刷子漂在一角。味道变得更浓烈了，但除了这些东西再无他物。他沿着废坑的边缘走着。坡下的苹果树间，有松鸡叫唤着，飞入了树林之间。清晨就要过去了，天热起来。他往回走，小心翼翼地踩在窄窄的已经沙化的水泥边上。走回来后，他又一次望向水里。那东西好像跳了上来，那张绿色的脸带着不怀好意的神情，带着失去眼球的眼眶和没有肌肉支撑的绿色笑容，穿过光亮黏稠的水浮了上来，那些黑色的头发摇摆着，仿佛海草一般。

他站在废坑的边上又待了片刻，双腿颤抖，然后呻吟着摇摇晃晃地后退了几步，扶在树上，试图把自己胃里汹涌而起的感觉压回去。他没有再走回看第二眼，捡起果篮走回了路上，但孩子们不在那里，他也不知道该怎么呼唤他们。想了片刻他喊道，嘿！我把你们的果篮拿回来了……

风吹动了苹果树的叶子，鹞鹰的影子在路上滑行，最后消失在荆棘丛里。他们走了。他沿着路往前走了走，又走回来，但到处都没有他们的踪迹了。

三天之后，但他再次回到那里，它仍然在原来的地方，没有人来过。他拿出折叠小刀，砍了一株细小的雪松，拿来遮挡它。

它还在那里，在四季和年月里腐烂了。他沿着那条路，从烤焦的尘土上匆匆忙忙走过。

此时，太阳已经升得很高，清晨的万千绿色都在阳光下闪耀，如金色海洋里数不尽的浮游之物。春天将尽，却只有路上的尘土变得干燥，两旁树上的叶子尚未换上如同红色滑石粉渲染的夏装。在上午的寂静中，一切声响都变得清晰，仿佛都从同样远的地方传来——狗在山沟里吠叫，山鹰翱翔时的高而锐利的鸣叫，蜥蜴从路旁的枯叶里跑过。一阵风力突然到来，漆树微微颤抖着俯下躯体，发出柔软的窸窣声，如波浪在林中涌动，传来水声……

老人取道一条岔路，沿着山坡走去，折了根树枝，一边走一边拨开小道上的巨大蜘蛛网，那些蛛网跨越小道连接在树和树之间，上面挂满了露水，闪烁着光芒，有如被拉扯开来的玻璃丝，蛛网坠下时发出沉闷的低语，蜘蛛则沿着断开后飘摇的网线四下奔逃。他走到了高处一块光秃秃的山丘上，从那里可以望见整个山谷。他站在那里眺望着，仿佛一个终于登顶的人第一次见到未曾见过的风景一般。松柏朝着左侧蔓延开来，那片墨绿一直延续，在山底处戛然而止，有一条马路横穿过去。再过去则是一片牧场和一座木头搭起的猪圈，隔板倾颓，屋顶也破烂不堪，或许是迁徙来的人落脚的简陋棚屋。穿过阔叶林的枝丫，他隐约可以望见教堂微微闪光的屋顶，还有壁板上的一块痕迹，那是胡蜂窝经年留下的灰白色。更遥远的地方，便是大烟山漫长的紫色身影。

如果我还是个年轻人，他对自己说道，我要搬到群山中去。我会遇见清澈的激流，造出一座有壁炉的木屋。我的群蜂会酿出黝黑的山蜜。我将不再在乎任何人。

他沿着陡峭的山坡走下去——这样一来我就不会是个糟糕的邻居了，他心里想着。

那条小道在山的南面，一直延伸到大路上，而左侧则是一条通往峡谷的尘土飞扬的路，老人选择了这条路，走在繁盛的林木之间下山，有水流穿越其间，空气凉爽。走出去半英里远，路拐了个弯，往丘陵高处而去，从树林间走出来，他穿过一片玉米地，有一堆鸽子腾空而起，在一阵挥舞翅翼的声响中，往溪流的方向飞去。玉米地那一头，在路再过去一些的地方，有间矮小的棚屋，屋顶上的板条都翘起来了，就像纷乱的头发，在太阳的照射下，已经褪成了灰扑扑的颜色。这便是老人要来的地方，把手里的拐杖横搭在肩上，两只手的手指无聊地敲着，就像个搭着担子的送水工。

屋子前的山坡上丢满了各种废弃的物品：若干桶箍、一块已经开裂的斧头、用来编鸡笼的铁丝、一口破开的罐子……还有一些年份更为久远的物什已经嵌进了土里。有个已经没用了的黑色铁桶，以前拿来装猪食，如今锈迹斑斑。楼梯的第一个台阶下落不明，他靠着那根拐杖登了上去。屋檐下那面时常在阴影中的外墙长满了绿色的青苔，老人疲倦地坐到地板上，背靠着那面墙，伸直了腿，解开了领子。天气凉爽而潮湿。屋子朝北，背后是一片种满了树的斜坡，落在他院子里的雪总是比其他大多地方留存得更久。

到春天的时候，整座山绿得猛烈，在低矮的天空下起伏波荡。这一切从来都不是慢慢形成的。在某个清晨，它突然在那儿了，空气里也充满了气味。老人深深地吸气，闻见土地浓重的气息，想起了已经过去的那些年，那些春天。他总是在默默地想，人是如何记住气味的呢……又不像你看见了什么东西。他仍然能想起河狸的气味，尽管他已经有四十年没有闻到过了。他也能想起自己第一次闻到某种奇特的芬芳，那是比四十年更加久远之前的事情了，某个早上他要回肖特克里克，路边的棉白杨雪白而冷峻，晨雾正从溪流的水面升起。那是早春时节，但捕猎的季节快要过去了，他逮到了一只大鼠，皮毛是橘黄色的，个头有家猫那么大。空气里有一股厚而沉重的麝香气味，这股芬芳似乎让他想起了另外的某个东西，但他从不知晓那是什么。

他打起盹，睡着了，睡了很长一段时间。午后将尽时，云朵开始在山峦交叠的地方堆积起来，清朗的微风从门廊的一角吹来，挂在屋檐下的那些葫芦轻悠悠地晃动着。

他在下雨前醒来了。风变得越来越冷，吹在他的脸上和他额头的汗珠上。他站起来，搓了搓自己的脖子。一对知更鸟在枫树高处的枝叶间兜转，然后便落在那里不动了。忽然，像是要在午后的绿金色热浪中惊扰自己，最初的几滴雨落下来了，砸在屋前被踩实的泥土上，变成点点黑色的污迹。一块平整的阴影越过院子，越过那条路，攀上了山的岩壁，带着一阵突如其来的匆忙之感；雨下得越来越大，夹着风在远处变猛了，冲刷着银灰色溪流那一边的树。老人看着雨汹涌而来，跨过田地，撼动了草木，路上的石头颜色变深了，随后院子里的泥块也变黑了。一阵狂风夹着雨水打湿了他的脸，他听见屋顶的木板在起舞。

固定在门廊屋檐之下仅有的那条排水管来不及把水排出去，雨水开始如透明幕布般落下，眼前只剩下模糊而扭曲的景象。雨水溅到门廊上，在地板上留下了一条界限分明的阴沉痕迹。他掏出烟草，哆嗦着手卷了根烟，烟却卷得工整，堪称完美。风减弱了，他又坐下来，把头靠在长满绿色霉斑的墙板上，看着蓝色的烟在潮湿的空气里静止不动。过了一会儿，雨开始变小了，天色已晚，山顶之上的天已经黑了，唯独还有一条瘦长而倾颓的灰，顷刻间它也消失了，夜幕降临，远处划过一道闪电。老人开始觉得冷了，准备回到屋里去，就在这个时候，山顶上传来什么东西爆裂的声响，那一刹那，他抬起头望向高处，蓄水池的金属顶盖被照得发亮，在那道猛烈的光晕中震动着。那声音宛如指甲划过石板，老人浑身颤抖，他眨了几下眼睛，那白色焰火在他的水晶体之中又燃烧了片刻，当他再次看过去的时候，一切都消失了，他在黑暗中一动不动地站着，听见水珠从树林中落下，尚有一些雨水在屋顶上流淌而过，从屋顶的某处滴下，跌入水坑里。他在眼前挥了挥手，但什么也看不见。

他抬起手拍自己的眼皮。远处，山的另一面，一道细长的红色闪电一闪而过。屋角的柱子和门廊开始慢慢地从黑暗中显现，当猎犬从门廊边冒出来的时候，他也能看见它呼着气，挥动了耳朵，项圈发出叮叮当当的响声，它正喷着鼻息要甩掉烘臭皮毛上的雨水。它跑上门廊，指甲在地板上划出声响，来嗅了嗅老人的裤子。

你去哪儿了，老狗？老人说道。那狗开始蹭他的腿，老人一脚把它踹开了，史库，一边儿去。史库往墙角走了过去，躺在了那里。老人又抓了抓自己的脖子，伸了个腰，进屋了。

屋里很潮湿，飘着一股霉味，就像个地窖。他摸索着走到屋角的桌子边，点燃煤油灯，破烂不堪的家什从黑暗中突然显现出来，笼罩在黄色的光芒中。他走去厨房，也点燃那里的灯，从灶台上的保温器里拿出一碟豆子和一盘干了的玉米面包。他坐回桌子边，吃起这些冷冰冰的食物，吃完后他抓了一把饼干走到外面，丢给狗。雨差不多停了。狗吃光了饼干，眼神一直跟在他身上。纱门咯吱响了一声，走廊地板上那一块投下的光缩小了，在门闩上锁的声响中，那块光消失了。老人没有再出现。狗低下头，耷在自己的爪子上，那一双满是皱褶和哀伤的眼睛望向了黑夜之中。

猫搅扰了老人的梦，他醒来后就再也没有睡好。他害怕它们在夜里来吸走自己的气息。有一回，他醒来发现窗外有只猫正透过玻璃看他，当他在睡觉的时候，它就这么一直看着。有段时间他睡觉的时候会把上膛的枪放在床边的地板上，不过现在他只是躺着，听它们的一举一动。经常是到后半夜了，猫还迟迟没有开始折腾，他仍然醒着，长时间警惕地听让他的耳朵有点儿耳鸣。然后，从黑暗的山沟里传来轻轻的低吼声。他经常是跑去窗边，望向山丘的方向，岔溪之上，山谷低处的松树身影，仿佛有哥特式尖顶的巍峨教堂……此刻他躺在自己的灰色被褥里，听着。夜里他睡得不多，有时会躺在那把安乐椅里，有时靠在木头或树干上，或者躺卧在走廊上，他就这样半睡半醒，变得烦躁不堪。

当他还是个小孩的时候住在塔克利奇，那儿有个黑人妇女，早先的时候是个奴隶，她住在一个棚屋里。按照她的说法，来到那儿是因为当地没有其他的黑人，而且那儿还是个可以让她感受到活动与意义的地方。她总在脖子上穿戴着一个原本用来装嚏根草的麻袋，有一回他在路上碰见她，却并不害怕，因为那个时候他还太小了，她在他的舌根上滴了三滴西洋耆草汁，还为他唱了赞美诗，让他得以拥有慧眼。她告诉他，在夜里，山间总是有巨猫在游荡，它们硕大的眼睛目光如炬，在雪地里行走也不会留下痕迹，然而在某些夏夜，你可以清晰地听见它们的叫声。

从来没有过巨猫的踪迹，她对他说，但如果你有了慧眼，你将会看见普通人所看不见的地方。

他把这件事告诉母亲，她把耶稣的十字架放在他的额头，进行了虔诚而漫长的祷告。

老人仰面躺着，听见自己胸腔里心脏跳动的声音，呼吸声缓慢而规律。秋天，快要入冬的时候，他在某个夜晚醒来，又一次看见了它。苍白的窗户外的黑影，它的脸上有一道白色的痕迹，宛若倒转的鸥鸟的翅膀。窗框随后也变得漆黑，房间正在被这道可见的白色痕迹填满，它变得越来越大。他往下伸手抓到枪管，把枪抓了起来，枪转了一圈，他扣动扳机，把它打倒在地。屋内爆发开来……他回想起枪口那橙红色的火花、火药被点燃的刺鼻气味，他也回忆起当时自己耳朵里的鸣响，后坐力还使他顶着枪托的胳膊受了伤。他起身，磕磕碰碰地走到桌子旁，手里抓着温热的枪管，找到火柴，划燃，点亮油灯。然后他走到窗边，火光将摇曳的瘦长影子打在墙上，光一直蔓延到天花板上，照在了蜘蛛网上。他把灯火提起来，窗户上方的墙板已经被打得支离破碎，露出有如蜂蜜的颜色。此后他再也不把枪放在床边，而是放到桌子后的角落里去了。

老人就那样躺了很久，一直醒着。有那么一下，他觉得自己听见了一声叫喊，那声音微弱地越过了河流和田野传来，但他并不确定。一辆车从路上开了过去，他心里想着那会是什么，但他开始打起瞌睡，蟋蟀不知道在什么时候都已经不再叫唤了。

＊＊＊

她颈部肌肉间深陷进去的凹处透着烟一样的蓝青色。纸一般的皮肤之下，凸起的骨头仿佛身上开胸长裙领口的饰物。她那像蛤蟆一样的眼睛看着下方，专注于工作，每当咽下口水时，总要眨一次眼睛。皱巴巴的眼皮就像核桃的壳。她灰白的头发被梳好扎起，像一个锌丝打造的头盔。她轻轻晃动着，晃动着。呢绒的裙摆沿着扶手椅而下，在地上轻柔地摩擦着。她坐在没有点火的壁炉前，正把针扎进一件用边角料做成的衬衣扣眼。雕了螺旋纹饰的镀金相框里，是她的肯尼思·拉特纳队长，健壮的脸庞带着痞气，远征军的军帽盖住了他的右眉毛，两条杠的肩章沐浴在阳光中，军人、父亲、幽灵，正看着他们。

房间的每一面墙都有一盏灯，对称而放，她看起来仿佛在一场仪式之中，一位拿着念珠的修女。不久之后，他从披屋的厨房里看见了这一幕，因为披屋是铁皮屋顶，此刻风把雨水从铁皮上吹过，听起来像是丝绸被撕开了一般。他翻了翻手里的杂志，但已经快把它读烂了，所以他几乎没看杂志纸页上的内容；大多数时间他都在观察微微抖动的火光，以及色泽漂亮的灯火炉，炉子被火烤成棕褐色，混杂了铜的颜色，变成孔雀般的色彩，紫蓝色的火焰摇曳生姿，变幻莫测。他在灯火炉的玻璃罩前摆了摆手，炉子上头的蓝色盒子倾向了一边。

从厨房里他看不见壁炉架上那个一动不动的男人，那男人也看不见他。过了一会儿，他放下杂志，往后挪了挪，手肘正好抵在椅背上，他望着窗外的闪电。远处的温克尔山谷上方，细瘦的一道道光路就像充满热量的闪光。没有雷声，只有雨和风。

男孩觉得自己能够回想起父亲。或者只是他母亲提到的父亲……他想起了一个男人，是他的父亲或者只是其他的某个人，他不能确定。自从他们从玛丽维尔搬来之后，父亲就再也不曾回来过。他记得那件事，搬家的事情。

这是一座木房子，木头是人工劈出来的方形，用黏土堵住了缝隙，顶上厚重的椽木被木钉牢牢钉住。原本阁楼上有台纺织机，不过它已经被一块一块地拿来点火了。那曾是一个做工粗糙的庞然大物，在灰尘之下也仍然保持着崭新的黄色光泽。不过椽木还保持着那副样子。夏天的时候，黄蜂会来木板上筑巢，由于年久，木头变得干燥，有些木钉已经脱落，黄蜂就从那些孔进出，嗡嗡地从他的床上飞过去，一直飞到那个玻璃缺了个角的窗户边，从那里飞到外面的夏日阳光里去了。在一些更宽的木板上，还有马蜂窝，不过他的母亲有天把它们都清理掉了，除了黄蜂，只剩下他从未亲眼见过的蛀虫，但他知道它们就在那儿，因为总有一些木屑落在地板上，或是落到屋檐下的横梁上堆成锥形，还有一些粘在了蜘蛛丝上，让蛛网盖上一层厚重的黄色，变得混杂不清，厚如棉布。

房子高而阴晦，只有极少几个窗。有些人认为这是县里最老的房子。屋顶是盖板搭上去的，它们仿佛是这栋屋子最不能抵挡风雨和岁月的部分，早就发黑开裂了。它们如今衰败不堪，已经变了形，鼓起发泡，像是一场古老火灾的受害者，人们并不清楚其余的部分是如何逃过一劫的，也不知道这些木头已经饱经风雨，房子如何得以健全。它们倾颓了，似乎全靠那根两头都由卵石和水泥抹起来的烟囱撑着，但房间仍然是健壮的，它岿然不动，没有一阵风能让它发出哪怕一点呻吟之声。

他们没有为它缴过税，因为它不在县法院的名册里，在土地局也不曾留下记录，他们都不是这栋房子的主人。他们没有付过房租，也没有付过地租，因为无论是这栋房子还是这块地的主人都没有登记在册，连这栋房子都查无记录。他们只向奥利弗·亨德森付过钱，因为他每周三次在送奶的时候给他们顺道送水来。

井掩藏在野草和石茅下，它们在院子里蔓延生长，石头垒起来的井圈很久以前就不见了，石头通通掉进了干涸的井底，层层叠叠，其间还混杂着兔子、负鼠、猫，或者其他种类繁多不走运的四腿动物的尸骨，成为一个个偶然的墓穴。

他对此并不确信，只不过是一种猜测，因为他在春天的时候发现井底有一只小兔子，但不敢下去抓它。他每天给它拿来一些菜叶，丢进井里，此后有一天他丢进去一把生菜叶，发现菜叶落在兔子身上，它却一动不动。他走开了，很长的一段时间里，他眼前总会回闪起兔子躺在井底的石头上，身上落了菜叶。

现在，她把手里的活做完了，拿过油灯放在壁炉架上，把那件衬衣拿在眼前察看着。她保持了一会儿那个站姿，随后转头看见他正扭着头盯着自己，两个人都被灯光隐隐约约地照着，他们之间隔着一扇昏暗的窄门。他看不见她的眼睛，便假装在看其他的什么东西，随后转过头看着窗外的雨。

儿子，她说道。

嗯。

你去睡觉吧。

嗯，他又说道。他没动。

你的床没被弄湿吧？

没有，妈妈。

床应该是湿了，每次下雨，哪怕没有刮风，床也总是会湿。它发霉了，闻起来有一股奇异的香味，天凉了，需要盖毯子。这一年的这个夏天，他搬到厨房跟前的门廊上去住了。那是某个周日的晚上，他把床搬下来，那时候她正在教堂，等她回来的时候他已经在床上睡下了，当她站在门前要进去的时候，他正深深地呼吸着。然后他听见她在厨房里一边哼歌一边洗碗碟的声音，对于这件事，除了要他把堆在门廊角落的两个瓶子和若干罐头盒丢掉，她再没有说过一个字。披屋的门廊有齐腰高的栏杆，有段时间，躺在床上他就能看见院子里橡树上的橡果。有些夜晚，一条高大的猎犬会来到栏杆外观察着他，他则和它说话，它站在那里，肩头耸起，身躯平坦，一动不动，然后它会离开，他能听见它的脚步踏过院子，项圈发出叮当响声。

他把床从角落里拉出来，翻开被子摸了摸枕头。然后他给枕头翻了面，把手里的毯子在床上铺开来，钻了进去。这是夏天的最后一夜。雨水在铁皮屋顶上汇成河流，顺着排水管冲刷而下，他在水声中入睡，狂风扫过时有急促的撞击声，细密的水花穿过鼓起的铁丝网落在他的脸上。橡树在剧烈地摇晃着，如低语告诫，嘘……

清晨雨停了，水雾中有股凉意。他感到快活，因为这是他所等待的，时节气候的变幻已经成了他的钟表。仍然有几天温暖的日子，但这无关紧要。松鸦在黑橡树上叫唤，鹩哥又飞回来了，它们成群结队地落在树上，压弯了枝丫，羽毛闪烁黑色的金属光泽，叫声粗粝难听，像是生锈的秋千。或者它们会落在地上，院子里到处是它们黑色的身影，他会冲出去，拍响自己的手掌，看它们这一群乌合之众尖叫着飞起，朝着天空奔逃，翅膀扇动了空气，连地上的枝叶都被带了起来。

九月的最初几周过去了，天气一如往常，还没有降霜。他胳膊上的血管开始浮现出来了，他总是按住血管，然后举起自己的拳头，感受到了自己柔软的血管里流淌的血液。

眼下他正和时间僵持着，他能察觉时间在退让。两天的工夫，她把菜园里剩下的东西都装进罐头里，还催促他在着凉之前把床搬回阁楼上。开始下雨了，池塘变成了血一般的红色，有天下午，他在柳树下那块不到一尺深的水里逮到了一条鲈鱼，他掏出了它的内脏，抓在手心里，那颗小小的心脏仍然在跳动着。

他的床仍然在门廊上。那几个晚上他无法忍受自己待在屋里。吃完晚餐他就出去了，到睡觉的时间又进来——然后再一次直直地走出去，她已经睡了，他在黑暗里走着，从一座座棚屋和房子前走过，窗子后面的人们沐浴在黄色的灯光里，正无声地比画着难以捉摸的手势……

某个夜晚，他穿过田地时，看见草丛里浮现两个赤裸的身影，在上弦月的月光里苍白而疯狂，仿佛搁浅的鱼。他继续往前走。他们没有看见他。一回到马路上，他就开始奔跑起来，鞋在柏油路面发出响亮的声音，他不停地跑，直到鞋子发烫，还刮伤了他的脚，他仍然在跑，胸口仿佛燃起火焰。在岔路口，施泰福的院子里，有一株巨大的鹅掌楸。他匍匐着爬过青草繁盛的路堤，然后蜷曲在树干的阴影里，像个即将暴露的犯罪分子，他的呼吸给火辣的胸口又添了一把柴。

他在那儿坐了很长一段时间，看着山谷里的灯火一盏一盏地灭掉。夜晚充满声音的空气里，漂浮着紧密而急促的谈话声、关门声、笑声……营地要入睡了，营火已经熄灭……山洞里，篝火的微光中，一众恶魔与女巫正在古老的白骨上饥肠辘辘地挤撞着。

你要把他找出来。等你长大。去把那个夺走你父亲的人找出来。(他想起来了：一张狂暴而衰老的脸俯视着他，有一股酸腐的气息……)

我该怎么做？他哭了起来。

你父亲知道该怎么做。虽然他不常去教会，但他是个被神眷顾的人……主会让你知道的，孩子。主不会抛弃信他的人。祈祷，道路会出现在你眼前。主……你要对主发誓，我的孩子。

他的胳膊疼得麻木了……她抓着他，他察觉了她的颤抖……我发誓，他说。

你永远不会忘记。

不会。

只要你活着就不会忘记。

只要我活着。

好，她说。

只要我……

我也不会忘记，她说，又一次紧紧地拽住他的胳膊，把那张巨大的脸庞凑到他面前。当然，她说，他也不会忘记。

……活着。

他绝不会忘记。从黑暗中的某处，传来了班卓琴声，前奏般的几个音节……有消息……有什么新的消息？旧情复燃的古老爱意、顽疾、孩童的啜泣。此刻房子里寂静无声。宁和。哪怕是沉浸在无尽之夜的人们也歇息不够。还有沉寂，音乐逃进了无尽之梦里透着温热的琥珀之中，宛若幽灵，动弹不得了，而那些梦终于死在了壁炉里……清晨还在地球的另一端，他已经疲乏了。相似的哀伤压弯了野草，露水追随着他回家，封浸了他的门。

天气如常，雨还在下。白天灰蒙蒙的带着雾气，到了夜里，水从树上落下来，滴滴答答。池塘里被丢了些瓶子，有天早上他看见它们在水面上浮沉，那时他正在上头的一块石灰岩礁石上钓鱼。一个男人在小艇上，撑着长杆，从雾中出现，他看见男人把那些漂流的瓶子截住，然后拉起网，把网住的鱼收下来。男人看见他，点了点头，他也回应着点头了。小艇在上头转了转，朝着池塘下边去了，寂静中，只有长杆打在船尾上的声音。

眼下他更努力了，日子变短了，寒冷的日子到来了。他的床仍然在门廊上，日复一日，他观察着院子里树木逐渐颓败，在血色的世界中醒来时，太阳硕大，正蹲在群山的缝隙与炙热的枫林之间。躺在发霉的毯子里，他深吸了一口气，检验着空气。一阵带着湿气的轻柔微风，裹挟烟雾，低语着从栏杆间穿行而入，仍然没有带来新的消息。

他等待着。在缓慢的血色十月里，他望着，懒散无力，眼皮沉重得像只蛤蟆，他的神经紧绷着，宛若一只伺机而动的猫。

有天晚上他从一家店里走出来，瞧见她在路上，她对他笑，说你好。他点了点头，然后走开了，听见她们在他身后发出笑声。自从夏天快要结束的时候起，他没有再见过她了。

他正要穿过桑德斯家的牧场去河边，肩上搭着一个麻袋随便做的捕鱼篓，像个背着行囊的流浪汉。直到她开口说话的时候，他才瞧见她。她正往前靠在一个邮筒上，两只手放在上面，下巴压着自己的手背。看起来像在那里耐心地站了好几天，就为了等他到来。

好吧，他心想，看年纪她应该还不能是这块地的主人，不至于把我轰走，虽然她看起来够魁梧的。于是，他也跟她打了招呼。

你叫约翰 · 卫斯理是吧?

他本想说，是的，太太，但他开口却说道，是啊，那是我的名字。

她从邮筒边挪开了，朝他不慌不忙地走过来，看起来很悠闲。她穿了一条印花的棉布裙，扣子一直扣到高处，看起来是件家居服。裙子紧紧贴在她的腹部，勉强盖住了她丰满而律动的胸部，透过纽扣间的缝隙，能看见那雪白中透着丝绸般粉色的肌肤。她扯了根草，放嘴里咀嚼起来，从边上瞧着他，最后站在他面前，歪着身子，把重量都压在一条腿上，臀部也翘了起来。你在做什么？她问道。

就到处闲逛，他说。

闲逛？

没错，就只是闲逛。

她用拖鞋尖推着一块石头。你和谁一块儿闲逛呢？

什么，没有别人。只有我一个人。

她的乳头顶在棉布上，像两块硬币。她知道他正盯着看。一个人闲逛多没意思呀，她跟他说，嘴角带着一丝笑意，眼睛却狡黠地看着他。

谁说的？他说。

我说的。神父也说过一样的话。

我该走了，他说道。

你要自己一个人接着闲逛?

他动身要走开，她跟在他身边。你去哪儿?她问道。

水塘，他说。

你去那儿干吗?

钓鱼。

钓鱼，怎么钓?你连鱼竿都没有。

我在那边藏了一支，他对她说。

藏在那儿?你不把自己的鱼竿带在身边啊?

不带。

她咯咯咯笑起来了。

他们俩慢慢地走着，比他自己走路的时候慢得多了。过了一会儿，她不说话了，他问她要去哪儿。

我?她开口道，我哪儿也不去。我就到处闲逛。

你要和谁一块儿闲逛?

哈，她笑了。你想知道的，是不是?

不想，我才不想知道你和谁一起闲逛。

他往前走着，抬起头望向那些树，望向天空。

你都把鱼装在那里面吗?

什么里面?

她指了指那只麻袋。这个里面，她说。

啊，不是，这是个捕鱼篓。去池塘之前，我得逮点小鱼苗当诱饵。

她一直跟着他。他蹚进水里，把捕鱼篓的长杆插进了河边的石块里，回头想看看她是沿着岸边走，还是只是站在那儿看。有块地方的忍冬长得稀稀拉拉，她踩到那上面，来到岸边，脱了鞋，把脚伸进水里，每当他走过的时候，就踢出水花来。当他回头看的时候，她已经在河里了，水没过她的膝盖，裙子撩到了腰部，塞进了短裤里，她的大腿在暗色的河流之中惊人的白皙，她摇摇晃晃地走进水流里，倾着身子，胸部汹涌起伏，一直走到他身旁，把水甩在他身上。她开口说：

你不知道我的名字吧?

不知道，他说。你叫什么名字?

你在乎吗?

我才不在乎，你只不过……

那你干吗问我的名字?

你……我完全没有……他不说话了。是你刚刚问我知不知道你的……

瓦妮塔，她说道。如果你想知道的话。瓦妮塔·蒂普顿。

我住在另外一头，她说着朝河的对岸随便指了个方向，越过夏日尾声留下的狼藉玉米地，那儿有一丛胡杨木围绕着一栋脏兮兮的绿锡皮屋顶的房子。他点了点头，又忙起捕鱼篓的活儿来。他的浮標不够多，小鱼总是从捕鱼篓下面溜过去。不过最后他还是逮到了半打小鱼苗，通通装进了他绑在腰间的罐子里。

你很喜欢钓鱼吗？她在他身后问道。

他转过来看着她。她正局促地站在一块石头上，身后的裙摆掉下来了，被弄湿之后颜色变深了。

你有条水蛭，他说。

我有什么？

水蛭，他说。有条水蛭在你腿上。

她低头看，很快就发现了它，一条肥大的棕褐色水蛭就停在她膝盖下方，一条如丝带般的浅色血痕流淌在她湿润的小腿上。她捂住自己的嘴，呆站在那儿，盯着它看。虽然水塘里的水蛭个头要更大，但在这条河里，这算得上是个不错的个头了。她就那么盯着它，过了会儿，他说：

你不打算把它拿掉吗？

听到这声音她有了反应，抬起头看他，她的脸涨红了。你太坏了，她说。这都怪你……这都要怪你。

他妈的，又不是我把它放上去的。

把它拿掉！天啊……你能把它拿掉吗？

他蹚过水走到她身边。他站在河里，水已经到他的腰部，她站在石头上，他抬起头看见她的大腿，还有塞进短裤里的裙子。他抓住水蛭，似乎抬起头了，又似乎没有，他觉得眩晕了，周身摇晃着，他把水蛭抓了下来，丢进她身后的水里。他说：不要赤脚蹚进河水里。

他忽然之间觉得她不再让自己感到害怕了，现在他能想起的唯一一件事情，就是他跑着离开了。宽阔无垠的肉体，灯笼短裤，她把双脚伸进水里，把手从两边穿过来，绕过衣领紧紧环抱着他，直到最后他哗啦一声把自己的衬衣扯裂了，挣脱开来，他溅起水花，横穿到河的那边，上岸，疯跑过桑德斯家的牧场，身上的水被甩出去，罐子里的小鱼也飞了出去，他疯狂地跑着，那个小小的捕鱼篓还在他的手里，鞋里的水发出爆裂的声响。

她和身旁的人说了什么，两个人就咯咯地笑了起来。他抱着面包，继续走着，回到家里，脸颊在十月低垂太阳之下的寒风里燃烧着。经过门廊的时候，他发现自己的床已经不见了。她在厨房里。他把面包放在桌上，到阁楼上去了，脚步声在楼梯间空洞地回响，他钻进了蛛网之下交织的明暗之中，倾斜的屋顶下，他的床摆在那儿，已经换上了干净的床单。

此刻，清晨，水雾厚实而寒冷，如漩涡般流动，水塘浸在雾中，传来了幽灵般的野鸭叫唤声。晨阳升起时，整个山谷白茫茫，反射着水晶的光芒。空气里烟雾缭绕，有一股刺鼻的气味，那是从炉灶里逃出来的，过不了多久，火将要在露天的地方生起，妇女们围着她们的锅，手里拿着长长的木勺，披肩和软帽之下是她们不祥的神色，仿佛一群正在熬制魔药的地精。落霜的最初几天，家猪在冰冷而烟熏的气息里呼噜呼噜地叫唤，此后遥远的地方传来猎犬的吠声，野雁鸣叫着往南方飞去，在地平线上排成V字，随后消失不见了。他要去劈柴，早早地就来到那些越堆越高的劈好的松柴木里干活，细瘦的柴木在寒冷的清晨里冻了霜，闪闪发亮，放出蜂蜜被冻住一样的光泽。他卖力地干活，日子一天天过去了。他无时无刻不在努力，要把将被丢进火炉中的柴爿在院子里堆叠而起，一直堆到房梁那么高。

如果他还活着，有天晚上她对他说，你就要什么有什么。战争受的伤使他残废了，脑袋里还有块铁板，他拒绝了抚恤金，他拒绝了。那么骄傲不凡。他不想拿任何人的施舍，哪怕那是抚恤金。他是我们家的顶梁柱，或许是神在照看他。

是的，她看着他说道，眼里带着一丝疑虑，你只要能做到他的一半，也绝对是个了不起的人物。

火焰在小炉子里发出噼啪声响，把炉子的一侧都烧红了，陈年旧铁被烧出了蛛网般的裂纹。

她在扶手椅上摇摇晃晃，仿佛正沉浸在一个徒劳而无尽的事业之中，希望而非耐心才是唯一有用的手段。仿佛在一个灰暗不清的未来，她牢固而沉稳地坐在扶手椅里，双脚蜷进底下的横木，她的裙子紧紧贴在身上，扶手椅正往高处去，把她托向光荣。她正用那尖锐的鼻音嗡嗡地哼着什么，像遥远记忆里的夏日蜂群。煤炭发出爆裂声，在一阵如谷粒从筛子落下的声音之后，趋于沉寂了。她摇晃着。那年的冬天就这样到来了。

* * *

雨刷有气无力地来回摆动，透过挡风玻璃上被划开的水流，希尔德看见雨水在车灯前起舞，在柏油路上闪烁。他身后的警笛声又响起来了，更高的分贝，带着一丝紧迫的意味。我还从来没在雨中那么尝试过，他想。踩下脚底的油门，他瞧见仪表板上的指针缓缓爬到六十的位置，然后他抬起脚，拐过一个弯。上山之前我得先把那件事做了，他在心里想，不然绝对够呛。得在三岔路口把它搞定。

闪电在很近的地方劈了下来，一道道可怕的光芒中，路上一些形体一闪而过，越过沟渠，或是从奇形怪状的树上跳过去。阴沉的雾中幽灵从地上的碎石中升腾而起，又在引擎盖或是挡风玻璃前魂飞魄散。又拐了个弯。他身后的后窗玻璃暗了下去，车灯缓慢延伸，所及之处无可遁逃，照出他左侧一条丘陵坡上的路，也勾画出松柏低矮的身影，黄色小道上绳索般的石灰岩，像是一群无精打采的羊。他到山顶的时候，车灯消失了，而警笛声又一次响了起来。

我能玩个大的，他乐观地想着。马路看起来像条油河。没有时间了，他在那儿，神经和肌肉已经挣脱而出，他只是看着。他用四十英里的时速开过去，看见店铺正眨着它方形的眼睛，把方向盘往左转到底，刹那之间用一只手死死锁住了手刹。

他什么也看不清了。他把方向盘转回原位，已经松开手刹。他转得不够彻底，车子并不是拐了个弯，而是飞一样甩了过去。随后他放开手刹，成群的树在车灯的光亮里闪过，像是从一旁的泥土里猛地奔驰而过，那个店铺又出现了，绿色的屋檐上了釉，在旋转中留下一道一闪而过的白光，难以置信地延伸出去。紧接着树和房子又一次在眼前模糊地划过，他听见后面传来猛烈的撞击声，像是木头撞在一起后断裂的声音，随后是玻璃破碎的声响。车灯又一次照在了马路上，他已经在转瞬间把油门踩到最底，车轮发出嗡的响声，在警车从山上冲下来到他身边之前，车子已经动了。随后，车轮转动起来，他往前去了，逃窜之中还从容不迫地撞掉了旁边一辆车的保险杠。身后的店铺似乎正斜着眼，有个邮筒被撞歪了，砸碎了一扇窗，门廊的一角也塌了，在大雨滂沱中显得卑微而下贱。

希尔德在控制板上划了根火柴，点燃了烟。永别了，约翰。他轻声哼着曲儿，唱给自己听：永远离开吧，他如此幸运，从肯塔基出发，永远离开吧……他随着车子拐过一个又一个弯，轻轻摇晃着。

* * *

那是八月的时候，他在山间的马路上发现了那只雀鹰，蜷缩在尘土间，其中一只瘦小的鹰翼无力地扑棱着，用一种既无恶意也无畏惧的眼神盯着他——那里面有某种坚实的东西，决绝而无可替代。它盯着他靠近自己，当他向它伸出手的时候，它把头扭了过去，他把它拾捡起来，手中察觉到它的温热和战栗，它没有看他，也没有挣扎，它那闪着冷峻光芒的鹰眼平静地望向了山谷，毛羽在风中微微抖动着。他把它带回家，放在阁楼上的一个箱子里，喂了它三天肉和蚱蜢，然后它死了。

周六，他跟埃勒先生去了趟城里，那是一辆年迈的卡车，他坐在驾驶室里，手里抓了一只袋子，看着田野从眼前飞过，房子，更多的房子，后来还有店铺和加油站，从河上跨过的桥，远处，炎热清晨的天空之下浮现出城市的形状。

你要怎么回去？埃勒先生问他。

我有办法回去的，他说。我有些事情要做。

他站在车门下的踏板上，一只脚踩上盖伊街和主街交叉路口的路面。

这个给你，埃勒先生倾过身子探出来，把手伸向了他。

什么？

你拿着。

我有钱，他说。没问题的。

拿着，该死的，埃勒先生说道，在他面前晃了晃手里的二十五美分。他们后面的车按响了喇叭。

好吧，他说，接过那二十五美分。多谢了，再见。

他关上车门，卡车往前开动，埃勒先生再一次抬起手和他道别；他朝着后视镜里点点头，穿过马路，走上去法院的路，登上大理石的台阶，进去了。

一进门就有张小桌子，后面坐了个女人，正拿着一沓登记表给自己扇风。他在那儿站了几分钟，环视了大厅，读了门上的告示，她才终于问他来做什么。

他把手里的袋子举起来。猎鹰补贴，他说。

啊，她说。我想你应该去那边。

哪里?

就在那儿——她指着走廊。

多谢了，他说。

那儿有张长桌，后面坐着另外一些女人。他站了一会儿，其中一位站起来，走到他跟前说，你好?

他把那个破旧的小袋子放到长桌上。袋子口被他的手汗弄皱了，一股浓烈的腐臭味从口袋里涌出来，盖过了这栋古老房子里的陈年霉味。那个女人先是疑惑地看了一眼袋子，随着气味钻进她的鼻孔里，眼里变成了恐惧。她小心翼翼地伸出两根手指拨了拨袋子口，然后把手缩了回去。他把袋子倒过来，里面那恶臭的东西落在光亮的桌面上，羽毛到处翻飞。她后退了好几步，看着它。然后她开口道，那语气既无怀疑也不带一丝好奇，只带着她的工作特有的专业特质：

这是雏鹰?

是的，夫人，他说道，是头小鹰。

我明白了。她转身消失在一堆叠起来的绿色办公家具后面，留下一串高跟鞋的声音。几分钟后她回来了，手里拿着一本印了表格的册子，在长桌的远处停下脚步，拿起桌上墨水瓶里的蘸水钢笔写起来。他等着。她写完了，把表格从册子上撕下来，走了过来，递给他。在我打叉的地方签字，她跟他说道。然后拿着它去找出纳。大厅走到底。她指了指方向。他签了两行，把笔还给她就要离开，这时候他听见她在身后喊他。

我想你能不能，她皱起鼻子，拘谨地指着那只幼小的鸟，能不能帮我把它装回袋子里。他照做了。然后一手小心地拿着那张纸，挥动着让墨水干掉，走去领他的补助金。

他从开着的门走出去的时候，风正吹进大厅里，布告板上纸张翻飞，夏季上午的暖风混杂着一股七叶树的气息，卷起石阶上一道道的煤灰。他把钱拿在手里，利落地对折了两次。当他走出门外的时候，他把它拿出来又折了一次，折成方形，他把钱塞进自己工装裤铆扣之间的表袋，用手压平，向坡下走去，经过一排肮脏的树、纪念碑，还有望着无尽之处的安静雕塑，然后来到了街道上。

有乐队正在表演。古老的战争赞美诗飘浮在城市的热气之中，从远处传来，变得刺耳。成群的车辆懒洋洋地闪着光，浸泡在尾气的迷雾中，十字路口站着个警察，正在稍息。

他穿过街道，乐声突然更大了，像是某处的门被打开了。走到街角的时候，他瞧见他们了，八个十个并列着正走过来，队形庄严，服装破旧，远远地就能看见那呢绒已经磨得光滑发亮，他们的乐器在阳光下反射着暗淡的光。这小队伍跟前走着个领头的，戴高帽持拐杖，另有四个旗手把他们的旗杆高高举起，但旗子却惨淡地卷着。他们身后有一对大号，正像气球一样漂浮摆动着，在行进者的脑袋上滑稽地跳来跳去，在强拍中发出和其他乐器的吵闹乐声毫无关联的蛙叫声响。在队列的后边，一众旅行巴士缓缓地行驶着，透过窗子可以瞧见许多挥舞着的三角旗。

他瞧着，被推搡着进到人群里，流汗的人们穿着夏日薄衣，变成了一个不同形状和色彩组成的错综复杂的迷宫，唯独人们腋下那一块被汗水浸湿的暗色斑块是相似的，他们伸长脖子，踮起脚尖，把小孩子高高举起。行进者经过他们，从遮阳篷下走过，浑身是汗，看起来相当绝望。他看见那个离他比较近的大号手满脸通红，神色疯狂，像是不得不撑着，以免大号泄气瘪掉，砸在他同伴的脑袋上。他们走过时发出巨大声响，带来一阵震动，巴士紧随其后，前进得很费力，喘着气吐出一团团蓝色的烟雾，车窗里涌出来小长旗、三角旗、标语和小小的面孔。一条长的横幅跨过这个巴士的车身,用红色的大字宣扬基督,要求人们保持清醒，呼吁无论在何时何地，都要反对在选举中化身的魔鬼。它们一辆一辆地过去，五彩斑斓的小旗又出现了，它们被握在孩童的小手里，朝观看的人群挥舞着，人们正用手帕擦脸，无精打采地跟着它们转着脖子。有个蓝黄色的宣传旗上写着一句标语：别让我爸爸像被打中的鸟儿那样，变成跌倒在马路上的酒鬼。标语从抓着窗户的手中飞落。下一辆巴士碾过压断了旗杆，在宣传旗上面留下了胎痕。

音乐忽然停了，只剩下拥挤不堪的人群和巴士迟缓的隆隆声。三角旗和标语渐渐歇下来，被某种不自在钳住了，仿佛某个人死去了，他们却继续着，直到最后一辆巴士过去，那些小小的脸庞弹出来，严肃得仿佛难民，巴士上了桥，开出了城市。人群在街道上退潮，变得稀稀落落，交通恢复了，汽车动弹起来，电车叮叮地驶过。

他仍然站在路边，现在他看见这座城市了，它在热气中蒸腾摇摆着，从装了玻璃的新瓷砖外墙之上搭建而起，仿佛虚幻的裸露建筑，还有装饰着奇幻色彩的高耸圆柱；拱廊、带着阿拉伯风格的凹槽饰横梁、带花纹的柱子、屋侧的山形墙、飘窗外雕成脚形状的檐柱、不可名状的动物头像、庞贝的雕塑……到处都装了滴水嘴和挂钩，还刻着建筑奠基的日期。一排排鸽子在高处的檐口上打盹儿，热浪在石板路上翻涌。他拍了拍折好的钱，走上了盖伊街。他走到斯特兰德便停下脚步，一边拨弄着那二十五美分，一边研究着周六连续剧的广告宣传画。随后他左拐朝着市街广场走去。街角有个男人手里挥舞着一本破烂的《圣经》，正语无伦次地大喊大叫。他身旁站了个沉默不语的老妇，背着手风琴，她就像一匹拖车的马那样忍耐着。看热闹的人围起了一个半圆，他从他们身后穿过马路。那男人不再喊叫了，手风琴演奏起来，他们开始歌唱，那声音刺耳而尖锐，在乐器如汽笛风琴的咯吱声中终于变成了悲伤的颤音。

他沿着广场的另一侧，在楼房的阴影里走着，他从一众乡下来的棕色面孔前走过，他们坐在自己马车或是货车上的箱子上，虎视眈眈地盯着他；从脸庞宛若干瘪果子的老妇面前走过，她们的脸深深地陷在兜帽里，粗糙而沟壑纵横，参差的牙像是椰雕；从穷乡僻壤来的可怜穷人跟前走过，他们正廉价售卖着地里的收成，破旧的推车停靠在人行道上，上面堆着水果和蔬菜、鸡蛋，还有野生的浆果、装在广口瓶里的蜂蜜、成盒的坚果、一捆捆黄樟树和兰草晒成的树根与草药，以及成堆的盆栽花木。随后是鞋摊，货橱上堆得像金字塔一样的劣质皮鞋落满了灰尘，紧接着是服装店，门前的铁架上堆满了旧衣服，从装满袜子的箱子前走过，从肉摊走过，火腿和肋排悬挂着，像是被送上了绞刑架的恶徒，玻璃橱柜里方瓷盘装的肉白斑点点，旋毛虫横行，黏土色的大块肝脏在血水里摇晃，一大盘的猪脑，不知道是什么肉的碎末撒得到处都是。

人行道上，有穿工装的人、盲人和一些肢体不全的人，或是坐在带轮子的木板上，或是拄着拐杖，或是坐在装面粉和饲料的袋子上，卖铅笔的人不知疲倦地伸出手，他经过摊铺、一堆笼子还有墙上卖烟的窗口，有烟草也有嚼烟，有按烟叶卖的也有按包卖的，味道柔和的或是浓烈的，在一些小锡皮箱里，有烟斗、火柴以及一些让人搞不清楚的小玩意儿，还有色情图册，从小咖啡馆门前走过，煮开的咖啡香气和煎肉的香味飘出来，混成无穷无尽的气味大杂烩。

在水晶酒吧那装满电灯泡的棚子下，一群村夫站着，眼睛直勾勾地盯着柜台后面一位略显疲乏的女人，她正好坐在一幅宣传画下面，那上面写着：成人二十五美分，儿童十一美分——可以在一面帘子不知道去了哪里的板上看电影。踏步的声音、枪炮的声音传到街上来了。他被挡住了，什么也瞧不见，就继续往前走，来到广场上，一直走到一面有木头和金属纹饰的玻璃橱窗前，除了几件常用的工具之外，其他的一概不认识。他举起手遮住一只眼睛，躲开了玻璃上的反光，才瞧见橱窗里半明半暗的光景，那些东西都用钉子挂在墙上。他拍了拍钱，走进去了。他踩在涂过油的深色木地板上，发出沉闷的声响，走进了一种裹挟皮革与金属气息的环境之中，空气里弥漫着机油和精液的味道，他从用钩子挂着各种奇怪物件的天花板下走过，经过扎满钉子的木桶，走向柜台。它们被链条悬挂起来，在一众铁链、猎具、长锯和斧头之间看起来十分野蛮而古老。有个店员从柜台后面走过，领着一个手里正无聊地转着个铜制门把手的人。他们一起消失了，没入昏暗之中，弯下身子避免撞上垂挂下来的皮条，走到店铺的深处。几分钟后一个满头灰白头发的男人从通道里走出来，靠在柜台上看着他。

需要我做什么，孩子？他说道。

那些东西多少钱？他大略地指了指男人身后，仿佛那儿只摆了一件东西。捕兽夹……你们的那些捕兽夹。

男人转过身。捕兽夹？铁的捕兽夹？

是的。

好，他说，我瞧瞧……多大的？

那几个。他指着那些一号大小的。

男人仔细地看着那些暗淡无光的金属器具，仿佛第一次发现它们在那儿，他似乎并不是在思考那些器具的价格，而是在想它们是怎么会出现在那里的。然后他开口说，没问题。他把其中一件取下来放在男孩面前的柜台上，把链条摆弄得整整齐齐，仿佛在展示一块手表或是一件珠宝。

男孩伸手摸了摸器具上过油的光滑表面，它的底托、触发器、钳口、弹簧。多少钱？他又问了一次。

三十美分。

三十美分，男孩跟着说了一遍。

你要是买一打要便宜些。一打三美元。

男孩在脑袋里思考着。也就是说，这样算下来每个只要二十五美分，是吗？

我想想，男人说道，一打十二个……四个一美元……没错，每个二十五美分没错。

好的，他说，那我要一打，但我没办法把它们一次都带走。我可不可以今天先拿四个走，然后剩下的之后再来拿……？

男人盯着他看了一会儿，笑了。我觉得可以，他说。不过你得给我签个字，保证你要买整打，这样子我才能按一打的价格跟你算这四个捕兽夹的钱。

男孩点了点头。

男人伸手拿下另外三个捕兽夹放到柜台上，链条哗啦啦响成一片，然后他在钱盒下找着什么东西，翻出来一本老旧的订货单。他在上面写了一会儿，随后撕下来两页副本，递给男孩。签这里，他说，把笔也递了过来。

男孩拿过来就要写字。

你最好先看一下，男人提醒他。

他看了起来，艰难地辨认着那上面又高又瘦的字迹：

兹证明本人同意于1941年1月1日前在农场家园供销社购买8(捌)件维克多1号捕兽夹,购买价格为每件25美分。

签字________

他在底下签完字，把笔递了回去。

男人把签了字的订货单拿回去，递给他复写纸底下那张副本。这个你留着，男人对他说。男孩接过来，把它折起来，然后把钱从表袋里拿出来，在柜台上展开。男人拿过钱，收进钱盒里。你等会儿，我给你包起来。

他从纸筒上扯下来一段牛皮纸，把捕兽夹包了起来，拿过绳子捆好。男孩把整个包裹拿起来，在手里掂了掂重量。我很快会来拿剩下的，他对男人说。

随后他走了，走进明晃晃的日光和高大而拥挤的人群里，有个老人的微笑始终追随着他，给予他祝福。

直到现在它们仍然被包在牛皮纸里，塞在梁木后面。十一月十五日早上，他起得很早，从阁楼冷冰冰的地板上走过，摸到那个包裹，把它们扯了出来，走回来坐在床沿上，他摸着落满灰尘的牛皮纸，感受里面东西的形状。然后他解开绳子，把它们倒在毯子上。他把它们一个个调好，伸出拇指触碰它们下方的锯齿，捕兽夹在他手里蹦起来，猛地合上了。过了一会儿，他把它们用钉子挂在床铺上方，下楼吃早餐了。

他在冰冷的河水里蹚了一整天，在干枯的忍冬花丛里观察着足迹和粪便，找寻着掉落的土块和洞穴。他的一只袖子湿了，因为他把手伸进水底下的一个洞里，水没过了肘关节的位置，长筒靴进了水，他的脚趾已经麻木了。回家的时候他已经冻僵了，止不住地发抖，不过他已经放好了那四个捕兽夹。

隔天早上，当他悄无声息地穿过披屋，轻手轻脚关上门离开家的时候，光线正要从东方的低处爬起来，清冷的月影仍然挂在山头。橡树的叶子掉光了，还在阴影之中，掉在院子里的枯叶落了霜，在他脚下咔嚓作响，发出如玻璃般清脆的声音。他径直穿过树林，走到桑德斯家的牧场，在第一缕光线之下，那里还飘着幽白的寒冷薄雾，死去的草上结了层冰，像细长的骨头，石滩在薄雾中绵延，乌鸦挺着身子在另一侧走来走去，那儿的柳树标志着河流穿行而过。他翻过栅栏，冰冻的铁丝像刀一样割着他拇指的关节。乌鸦挥舞钩一样的翅膀，从幽暗的香柏丛中逃走了。他斜穿过牧场，翻过另一头的栅栏，眼下离河边更近了，山脚下，玉米地一片死寂，秸秆成排地倒下，鸽子可以在这里寻得吃食，直到季末。他已经能听见溪流湍急的响声，走到较高的河岸上，那里有土块塌落了——那条黏土排水沟被霜冻硬了，上面留了一串麝鼠的爪印——水下那个捕兽夹仍然在等候着。他逆流而上，走过一片淡水螺聚集的凸起石灰岩，水田芥正在水流中飘摇。在一个长满忍冬的洞穴上，芦苇和野草被踩倒了，一把苍白的杂乱草秆正飘在他的第二个捕兽夹上，最后两个捕兽夹差不多挨在一起，就在路桥下边，同样也没见到皮毛光泽的麝鼠的身影。河流在岩洞的绿色岩石下哗啦啦流淌着，从石块上飞跃而过，溅起水花，在棉白杨的根须处起了漩涡，那里有螯虾抬起眼睛窥视着。太阳在山尖上变得通红，山隼在天高处盘旋，忽而俯冲而下，是要扑向猎物，晨间的蜘蛛正忙着自己的编织活。然而一只麝鼠也没落进他的陷阱里。

五天之后，他把其中一个捕兽夹移到了桥边，那儿的泥滩上有新鲜的足迹。他把陷阱设在了浅滩的水里，那是它们经过的地方。两天后，他发现捕兽夹被拖到了河中，有一只爪子被钳在里面。他把它重新摆弄好，隔天清晨太阳升起前一个小时，他已经拿着手电筒到了河边。

* * *

一抹乳白色的光芒引导着老人穿过牧场走向河边，然后从那里上山。他走进松树树影之下的暗黑壁垒中，爬上低矮的山坡，进入阔叶林中，带刺的山核桃树上攀满了野葡萄，紧接着是橡树，还有渴望水源而蜷曲的杨木，现在他离河边只有四分之一英里了，他路过一个白色的树桩，那是棵最近被砍伐的树木，路过了矮小的印第安雪松，层层叠叠的枝丫树叶之下，他在黑暗中如猫一般悄无声息地往山上去，微小的风吹过，树叶在天空下随风而动。穿过夏日厚实的常青藤、被风吹倒的枯木以及石灰岩，他尚能看见一丝光线，经过在悬崖高处的一个落水洞，在三叶虫和鱼骨间穿行，从那些古老的海里来的已然死去的甲壳动物的甲壳中走过，一根獠牙般的巨石从地上升起。

沿着右侧陡峭的小路继续往前走，老人穿过最后厚厚的灌木丛，来到了山路上。他喘着粗气，倚着自己的拐杖歇息了片刻，最初的月光斜斜地照在远处的山上，山尖有水洗过一般的银色光泽，路上的尘埃如月光石般闪耀。他左手侧半英里远的地方是路的尽头，再远处是栅栏和房屋。通往那个搅拌杀虫剂的水泥坑井的路，就在此刻他站立之处右手边几步之外的地方。他呼吸的粗重声音在沉寂中回响。他像是从高处俯视一个人那样低头望出去，天空似乎在他脚下无边无际地展开了，像一张半明半暗之下的箔纸，在树影起伏之处，微光时隐时现。

前几年的夏日夜晚，他经常和邻居家的男孩子们走两英里，去商店里买糖和烟。他们会从散着余热但已经荒芜的一条路回来，说着话，抽烟。有天晚上他们走了捷径，经过一栋房子时，透过窗户他们看见一个女人正要脱衣上床。其他人又走回去看了一次，他不想那么做，其他人就笑话他。老人现在回想起这件事，有一种模糊不清的遗憾感，当空气如呼出的气息般湿热，而月亮不再是一团死物时，他总会想起那些相似的夜晚。他顺着山路走下去，一直走到葡萄园到小道上，一直走到水泥坑井去又看了一眼。

月亮已经爬得很高，他走过一片菝葜丛，来到果园里，枯黑的枝叶像纸片般落在小路上，红色月轮跟着他的脚步移动着，仿佛水滴那般，从一丛枝丫滑到另一丛，显得笨拙而浑圆，当他看它时，它也回望着。他的脚往前迈去，像从自己的身体上脱离一样变得全然陌生，在接连不断的阴影中漂浮着，黄绿色的草沙沙作响，弯下身躯，露出亮闪闪的底面，宛如玻璃轻轻裂开，在瞬间闪过一丝苍白，便又隐入黑暗中。除了蟋蟀鸣叫，再无其他声响。

在路的拐角处，出现了一片空地，水泥坑井模模糊糊的轮廓浮现出来，老人停下了脚步。这片林间空地仿佛有一道古老的光晕，沉浸在又诡异又神圣的寂静中。他能察觉到某种冰冷的事物正在占据他的身体，他几乎想要转身离开。他的手指头把拐杖抓得更紧了，继续站了一会儿，随后他走进空地，走到坑井边上，像个孩子那样往前倾去身体，直到触及水泥坑井那灰白的边缘，坑井在草丛之中宛如坍塌的遗迹，然后他爬上了坑井，望向那从地上挖开的四四方方的漆黑一片。

在过去的几年里，老人每年都会来这里，但从未在夜里来过。每个冬天他会砍下一株雪松像给它戴上花冠一样盖住它，长满针叶的枝丫发出蜡一样的光泽，那绿色会一直存留到春天到来的时候，甚至更久一些，直到在热气下干枯，然而它始终保持着自己的形状，像是未经打磨的青铜。要花上一年的时间，才能让它们被分解成一堆散发着气味的腐殖土，泡在坑井里积下的雨水里，变成如沥青般的深色丹宁液体，老人猜想，那具被丢弃在坑井里腐朽的尸骨长久以来已经被染上了颜色。这是他所见的，他是四季变换还有它们的杰作的见证者。圣诞节临近的时候，他就要去砍来第七株雪松了，与此同时他也觉得，这场漫长的葬礼或许该结束了。

于是他站在那里往下看，忽然发现这并没有自己想象中那样恐怖，围绕着他的阴影几乎成了某种庇护。观察着视线隐约可及之处，他可看见部分井内，随后甚至在井沿上坐下来，悬荡着双脚。他从工装的褶皱处掏出一个烟斗，从随身带的一只小袋子里抓了烟草塞满烟斗，一边点火一边深深地吸了一口，借着火柴的光，他看见夜色下苍白的烟。随后他拿着火柴把手伸了出去，往前倾着身子凝视深处，但他连雪松的细枝末节都看不见，火苗就要烧到手上，他把它丢了出去。

那儿什么都没有。死者已经起身离去；亡魂也不会留在这里哀悼未葬的遗骨。一方光亮斜落在他前面的那面井墙上，他看见那苍白的水泥面上长了藓和菌，像是古老地图上标绘的一块块陆地。然而再无其他的了。在一片寂静之中，坑井里传来一闪而过的水声，细微的、几乎听不见的一声。

他爬起来，往后退了几步，旋即转身沿着小路略显蹒跚地往前疾行，既不是跑着，也不是走着，一直紧绷地拄着拐杖。

回到大路上，他放慢了脚步，发出粗粝的呼吸声，他觉得胸口很紧。

他沿着路往上漫游，来到了一个空旷的地方，光落在脸上，从那儿他的视线往下能穿过稀疏的林木，山坡就如瀑布一样倾泻而下，冲向了低处的那个地方，有点点黄色的灯火从棚屋和房子里透出来，温暖和生活，在闪烁不定的萤火虫中，那灯火始终固执地亮着。一条狗在吠。他在路上蹲了下来，把拐杖斜靠在自己的肩膀上，抓了一把温热的尘土，让它们从指尖滑落。

一阵微风从山谷里吹来。

在他右边山丘顶上最远一片漆黑树影之外，他听见山路的拐角处传来一阵长长的轮胎尖叫声，片刻之后，发动机的声音撕开了夜色。汽车从山口开过来，在风口里断断续续地轰鸣着。几道细光柱从他下方冒出来，划出拱形的光路，阴影在被照亮的树上飞速而过，落在了地上，汽车猛地闯进了他的视野里，小而黑，灯光从前面喷射出来。它像龙卷风一样冲向了坡底，在橡胶尖锐而缓缓消散的悲鸣中，于山脚处拐过一个弯，再次滑入黑暗里。

老人的脚开始抽筋了，他站起来，活动了一下腿脚。他把重量放在一条腿上，靠着膝盖的力量单脚蹲下又站起来。然后他整个人都蹲在地上，试着再次站起来，一个老人就这样在深夜的山顶上做着他自己的运动——但他年纪大了，已经没办法这样站起来了，这曾经可是他的一条好腿。另外一条腿已经很多年办不到了，它就像老旧的猎具那样咯吱作响。那里面还留着几颗猎枪的子弹，在膝盖上面，更高一些的地方，几乎（他仍记得医生指着那最上面的蓝色小孔的光景）快到那个任何男人都不想受伤的位置了。过了些年，那条腿开始变得不那么强壮了。脑袋也是，老人想，站了起来，在回到大路上之前又看了一眼山谷。

去红枝的路上有条狗又吠了。另一条呼应它，又一条，它们的吠叫声传过山谷，直到最后一声回音在遥远的地方消散。山道上，或者是去往老人住的岔溪的路上，都没有狗在叫唤。他想起了睡在屋子跟前的史库，又老又瘸，身上的皮毛破烂不堪，秃了一半了，裸露的秃斑处结了一层厚厚的壳，一块一块仿佛蜥蜴的皮。史库的肚子他亲手缝合过，耳朵像是两条带子，他摊开身子趴在地上，长长的眉毛耷拉下来，遮在眼睛前，每当要看什么的时候，只得高高仰起自己的头——这让他在走路的时候有一种谨慎的感觉，仿佛永远追随着在他跟前的某种美妙气味。即使在美洲赤狗中他体型也算是大的，过去的日子里他曾经十分强壮，不过如今他已经十七岁了。是老人当他还是条小狗的时候用一把破旧的猎枪换来的。

他走着、沉思着，手里的拐杖漫不经心地一次次扬起尘土，一直走到马路尽头的拐角处，远处小山丘上的树都从土里被连根拔起，地上连棵草都没长出来。一块贫瘠之地，笼罩在月光之下,如海洋般反射着水银似的冷光。树被拔起之后留下的洞穴，在裸露的山顶上仿佛月球上的环形山。在这如月球一景的隆起之处，蓄水池仿佛一个银色的圣像，肥硕、光秃而又不祥。他走到围栏前停下脚步，依靠在拐杖上，把手指伸进了铁网的网孔。围栏后面毫无动静。那巨大的圆顶泰然自若地耸立着，无比庞大，似乎比尘埃和山崖更古老，仿佛是它孕育了这一切，而它站在这里，是为了欣赏自己那冷漠地闪烁着幽光、显露无尽蔑视的杰作。

他紧紧贴着铁丝网，站了一会儿，或许站了一个钟头。他一动不动，除了时不时伸出舌头去舔那铁丝网冰冷的菱形网孔。

老人回到家里的时候，月亮已经落下去了。他不记得自己是怎么走下山的。但房子在隐约中浮现出来，在他走近时显现出形状，他觉得自己走了漫长的路，像是一个从广阔而危险的土地上毫发无伤走回来的梦游者。

当他踏上小道的时候，一个黑影从他膝盖前过去了，悄无声息地消失在黑暗中。

在前屋的角落，有个老旧的木制床脚柜，老人把盖子上的报纸和衣服拿开，在旁边的地上摆了一盏灯。随后他打开那个已经坏掉的搭扣，掀起盖子。他在里头翻找，时不时停下来仔细察看某个东西；一只大概四分之一磅那么重的黄铜表、一对马刺、一把 32 直径的左轮手枪，枪的把手是个猫头鹰的脑袋，击锤已经坏掉了，弹膛像漂浮在水中的木桶那样悠悠地转着。他翻了翻那些年代久远的册子和清单，还翻出来一颗直径8的霰弹枪子弹。最后他找到了一个方形的小盒子，上面有飞翔的野鸭图案，他把它放在了灯旁边的地板上。他合上床脚柜的盖子，灯光摇摇晃晃。墙上，有个漆黑的食尸鬼从灵柩前走过。

他拿着灯和盒子去了厨房，把它们放在桌子上。他从抽屉里拿出一把已经弯曲的短刀，用大拇指试了试刀锋，他把抽屉往外又拉了拉，把手伸进去摸出了一块用得很旧的灰色皂石。他拿这块皂石磨起刀来，时不时在自己胳膊的汗毛上试试，直到终于满意，才把皂石放回去，打开了盒子。里面有十二颗上过蜡正闪烁光泽的子弹，他把它们一颗一颗地摆在桌上，那暗淡的黄铜在灯火下映着橘色的光泽。他挑了其中一颗，拿刀在和黄铜接口处的纸上划出一道细细的口子。他仔细地察看它，然后沿着那一圈刀痕割得更深一些，让子弹在刀锋上来回滚动。他又察看了一次，朝自己的影子点了点头，把子弹放回盒子里。他对剩下的十一颗都做了同样的动作，再一颗一颗把它们放回盒子里。完成之后，他把刀子收进抽屉里，走回前房，又一次把它们都取出来，那是十二颗完成割礼的枪弹，他把它们放进自己外套的口袋里。

* * *

埃夫·霍比的父亲已经死了好多年，哪怕埃夫的崇拜者们也不记得他了。这是个酿酒世家，从酿造威士忌还不合法的时候，他们就已经开始干这行了，这个家族的历史里有些并无文字记载但传奇的神秘故事。他们的家族并不兴盛，加兰是唯一尚存人世的子嗣。埃夫在1937年死于一场车祸，那时距离他从毛刷山州立监狱出来还不到一年。不过也不算是在车祸中死去——他又活了三个礼拜，甚至能站起来了，他走去那些人们料想不到的地方，还去了杂货店，看见他的人都为他的憔悴的身骨感到不安，那时候他的体重已经不到三百磅了。车祸时他从车里被甩了出去，车子又从他身上碾过，在抢救的时候不得不摘除了部分器官。他把暗淡无光的大肚子上光滑的红色伤疤展示给他们看，一边深深地吸了一大口橙子汽水。

他们已经在验我的尸了，但我还活着，他对他们说，然后放声大笑，从装饮料的箱子上下来，喝光那瓶汽水，伸出手打算把瓶子放在架子上。但瓶子掉到地上，他猛地歪向一边，扑向放面包的货架，倒在了如瀑布般坠落的纸杯蛋糕和果酱饼之中。

于是霍比家只剩下两个人了，加兰和他的母亲。然而不幸对他们紧追不放。一个月后，送信人杰克被逮捕了，被判在毛刷山关三年，而县长的副手则闯进了霍比家的吸烟室，掠走了所有放在那里的威士忌，还带走了霍比太太，那时她已经七十八岁，直到他们发现她得了十二指肠癌，才把她放出来。

加兰不得不把威士忌带到山上去，藏在山路拐角处下方忍冬花丛中的一个洞里，然后马里昂·希尔德会把它们运到诺克斯维尔。自从检查所设在山上之后，经过果园的路上就设了一道关卡，只有合法的运输人员才能通过——那些卡车上印有绿色的橄榄枝，车门上有金色的盾形纹章，从那道关卡进进出出，看管的人看起来邋遢而疲惫，并没有认真地锁上关卡的铁链。当希尔德用那辆老旧的普利茅斯送货的时候，他会敏捷地卸下再装上挂链条的环板。他和别人在不同的时间取道此处，而且从来不打照面。

凌晨四点钟，希尔德听见了老人朝蓄水池开的第一枪。他差点把手里的威士忌丢在地上，紧接着就听到了第二枪，他把威士忌的箱子小心地放到地上，静静地待在原地不动了，等待着叫喊声、命令声——等待一个解释。万籁俱寂。原本喋喋不休啼叫着的鸟儿们也沉默了。东边低处，在小镇的另一头，无精打采的灰色黎明刻出了地平线的形状。他屏住呼吸，等待着新的爆裂声，在枪声到来之前，他的脑海里已经回荡着巨大的轰鸣声——又传来了两声，接连而至，带着一股从容。希尔德悄悄地沿着忍冬丛往前走，经过一块开阔的地方，绕过果园的外延处，他朝着枪声传来的方向走去。

走到蓄水池所在的那片空地边上时，他看见那人把枪口从铁丝网的网孔里穿了过去。他开枪了，枪口被猛地往高处略微一抬，铁丝网被碰得前后晃动。那人被后坐力震得往后退，一股烟喷了出来，缓慢升腾而起，消散在潮湿的空气里。蓄水池光洁的表面上有六个清晰的黑色弹孔，错落地斜排开来。那人打开弹膛，把弹壳取了出来。希尔德瞧见他把手掌心里的东西拿到眼前迅速地看了一眼，随后便丢到一边，他看着它们在晨曦中跳跃起舞，明白了它们究竟是什么：那只不过是子弹的黄铜底，在落下的时候，它们如硬币一般翻转着。

那人又给弹膛装了两颗子弹，希尔德现在可以看清它们了，弹壳上有一层暗淡的红色纸皮，那是刚才那人取出弹壳时他没看到的。那个人的动作毫不迟疑，他举起枪，干练地上膛。两声枪响撕开了寂静，低处又出现了两个弹孔，在蓄水池的表面组成了一个巨大粗糙的X。重新装子弹之前，他又一次察看了黄铜弹壳。

希尔德躲在灌木丛中睁大眼睛看着眼前的画面。子弹打在蓄水池上发出猛烈的声响，在枪弹之下，蓄水池仿佛活物一般颤抖着。眼前的景象犹如恐怖之物，让人毛骨悚然。他觉得这个怪异的老头有无穷无尽的子弹，要一直等到疲惫得再也举不起枪的时候才会停下他的连环射击。他后退着离开了藏身之处，回到自己的车上。日光迅速变得明亮，他开始担心老人的枪声会不会引来巡逻队。他已经浪费了不少时间，不过他只知道，平时没有一个疯老头拿着把猎枪和改造的子弹在他们的检查所开火时，那些获准通行的官方货车在这个时间会从这里经过。还有六箱威士忌藏在树丛里，他每次搬两箱出来，一路摇摇晃晃地小跑。枪声已经停下了。他把酒搬上车子的后备箱，绑好之后钻进车里，启动发动机。车子从草丛开到马路上的时候，他回头看了一眼，那个老人站在山丘高处拐角的地方，一手抓着猎枪，一手拄着拐杖。希尔德低下头，把油门踩到底。

拐过山路的第一个弯，安全了，他才放松下来，缓缓驶向关卡，这样一来可以尽量减少醒目的动作。他重新绑好环板和链条，上车直奔诺克斯维尔。刚过河，他就和一辆有橄榄色的货车擦身而过，坐在驾驶室的司机和另外一个男人看起来严肃而正经，不过有点儿困乏，他们也不是特别着急。马里昂·希尔德此刻心情愉悦，未获授权，但头脑清醒，正往城里开去。

他的灯火在根茎和树桩之间湿漉漉的泥滩上起舞，有一丛忍冬花垂了下来，像发丝在水中摇曳。他正小心翼翼地走在满是淤泥的河床上，靴子发出吮吸般的声音，盖过了此处轻微的水流声。他听见一辆车从山顶上开下来，噼里啪啦的排气声，还有轮胎在山路上转弯的声响。他走到桥边，一直走到那块在水泥墙下积起来的泥潭。手电筒的光照过去，他看见捕兽夹已经咬上了，夹住了一块肉，在水下透出一股褐色来，而且由于泡在溪流里的缘故，已经发皱了。他把手电筒放回口袋里，蹲在沙地上，四周都是爪子和尾巴的痕迹，他舒展了自己麻木的脚趾，裹紧自己的上衣，把头埋进手里叹了口气，听着黑暗中溪水从自己的脚背上流淌而过，发出微小而柔软的声音，当他咳嗽的时候，还能听见从头顶的桥底拱顶处传来的空洞回声。

轮胎的声响又来了，更近了，随后是离合一踩到底时发动机的轰鸣声，紧接着是汽车从山脚下最后一个拐弯处冒出来时换挡的爆裂声。他绷着肌肉，固定一般地抬着手，扭动肩膀，追随这辆冲下来的车。那车径直朝着溪流开来，他察觉到它在震动，等待它从自己头顶上开过去。然而没有。他听见发动机在全力加速，随后忽然一声爆响，像条狗在尖声嚎叫，接着一切戛然而止，所有的生气霎时间消失无踪，甚至连水流汩汩和自己的呼吸声响都不见了。

他左侧的树在车灯中变得狂野了，跳跃着，转瞬即逝。一众折损爆裂的树枝喷发出来，发出在金属板上刮擦的尖厉声音，最终那沉重的一响，像是一只铁鼓炸裂开。寂静再一次袭来，在这无声中，一场稀薄的玻璃雨逐渐式微。水涌上他的脚，他知道车已经坠入河里，他掏出口袋里的手电筒，沿着桥身照了照，然后光亮照到了被撞出口子的河岸、支离破碎的矮树丛，被蹭掉皮的树干白惨惨地站着，像是一排浮标，最后终于照到了闪着光滑的黑色光泽的车子，翻着身躺在河里，车头斜斜地插入水中，车轮还在缓缓转动着。侧面的玻璃窗爬满裂纹，在手电筒的光照下闪烁着，像一张沾了露水的蜘蛛网。他看不见车里的情况。水面如对角线般切过车身，从引擎盖划到车身中央，让它有了一副颠倒的愤怒模样。

他已经蹚进河里，弯着身子在桥的横木梁底下，踩进水深的地方时，河水就跑进他的靴子里，发出细微的咕噜声，当他在那些从河岸上被撞得倾斜下来的漆树下蹲得太低时，河水碰到臀部，如酒精般冰凉。他心想：我得向上掰车门的把手。他往车子走去，一步步靠近，脚下踩到了被它一连撞下河的灌木枝丛，摸到了车门的把手，他往上使劲推了一把，然后用尽全力往后拉。

车门朝外猛地弹开，就像里面有什么东西被电击之后使出了蛮力，这突然炸开的门让他后退了好几步，跌进被撞得一片狼藉泡在河水里的灌木枝丫中。黑暗里，河水像流动的油一样漫过他，切断了他的呼吸，灌进他的鼻腔。他站了起来，浑身淌水，双脚麻木，吐出了一口河水。抹掉眼前的水，他四下张望了一下，看见了自己的手电筒，还亮着，它落在河床上，发着光朝河流下游而去，像是正在逃逸的某种会发光的水中生物。他踩进冰冷的河水里追了过去，水花四溅，脚底的靴子很重，正在他的小腿上飘摇拍打，他伸出手臂，手掌像是蝙蝠的影子，罩在光亮之上，但手电筒消失了，诡异地陷入了淤泥河沙之中，只留下他还靠一条腿在黑暗中保持平衡，胳膊和肩膀深深地没入河水之中。他摸索着，终于找回手电筒，拿起来甩了甩它。手电筒的电池槽里发出汩汩的声音，缓缓地流出水来。他把手电筒塞进口袋里，逆流而上，踏出一路水花，跑回汽车旁。

他闻到一股轻微的甜腻气味，带着隐约的腐烂味道，当他回到汽车旁时，空气里的气息变得浓烈起来，虽然他从来没有闻过，但他知道这是威士忌的气味。随后，他终于在黑暗中辨认出车里那个人的身形轮廓，车子翻过来了，他就四仰八叉地摊在车厢的天花板上，半个身子露在大开的车门外边，一只胳膊泡在水里。空气里有威士忌的酸味，还有老旧汽车坐垫的霉腐气味，他察觉那男人的脸上都是血——这一切仿佛一幅死亡的画面，闪过他的脑海，他惊慌失措地跑向河岸，发狂地抓住灌木丛爬上去，一直往上爬到地面上，那儿有如脆弱珊瑚般的粉色光晕，正映照出一个不真实的世界。

但那个男人还活着。男孩已经爬到河岸的高处，喘着粗气，空荡荡的胃里正干渴地翻涌着，让他有点趔趄。这时候，他听见虚空之中传来一个低沉的声音，几乎要消失在潺潺流水声中。

嘿，那声音传过来了。

他抓着一棵被撞歪了的低矮的树，转过身去，察觉下方的黑暗中，在那堆残骸里有什么东西在动，汽车内的阴影中出现一张苍白的面孔，那个男人举起手，正看着他。嘿，叫你呢，他说道。

他待在原地看他。一束光从山上照下来，投进黑暗中，有辆车从桥上过去了，在河里留下一道回音。终于，他开口问道：

你想做什么?

那男人发出一阵咕噜声。有那么一会儿，到处静悄悄的，随后他说：老天爷啊，你啊，你能不能过来帮我一把。

好，他说。他已经不再觉得害怕了，只是感到寒冷，他从河岸下到河滩的淤泥里，又一次走进河水里，然后在河里蹲下来，看着那个男人，不知道该说什么。他现在能清楚地看见这个男人了，他脸上流淌的血污留下一道道黑色的痕迹。男人看着他，脸上痛苦地露出一个显得阴沉的笑容。我糟透了是不是？他说。

你受伤了？他自己说话的声音从发抖的牙齿里蹦出来，变成咔咔响声。他要再说点别的，但一阵战栗让他开不了口，他的下巴在寒冷中像个傻子般抖得停不下来。

我现在不知道，男人开口说话了。是吧，这儿……他伸出一只手，男孩抓紧了它，当男人抬起膝盖把一条腿踩进河里的时候，他架着男人。然后男人把另一条腿迈了出来，脸上露出痛苦的表情，此时他已经站在河里了，他的手仍然搭在男孩的肩上，仿佛正给予儿子忠告时的父亲。当他朝河岸走去的时候，那只手短暂地收了回去，忽然他脚下不稳，那只手又飞了回来，落在那儿，像是凶禽擒着猎物。唷！男人发出声音。妈的，我的腿绝对是断了。

他们花了点时间才爬回岸上，男孩试图帮他推一把，那男人也自己抓着岸边的树枝、树根，还抓了一把已经死去的野草往上爬，身后拖着那条受伤的腿。然后，他们坐到了河岸边牧场的青草上，呼出的气息都在清晨寒冷的空气中变成白雾。昏暗中，牧场就像一片水域，平整而阴暗。男孩又湿又冷，浑身都湿透了，极其寒冷。男人的手在自己的小腿上摸索着，察看自己的腿到底断了没有。他的裤子粘在了皮肤上。男孩坐在他对面，正抱着自己的肩膀，浑身颤抖，脚趾已经失去知觉，他晃了晃靴子，里面的水咯吱作响，河沙和碎石在袜子上刮擦着。他说：你的头在流血。

男人伸手在自己脸上抹了一把，然后又摸了摸另一边。

他张开自己沾了血变得黏湿的手掌，在自己的裤腿上擦了擦，转头看着男孩。你能帮我个忙吗？

没问题，男孩说。

你下去帮我把钥匙拿回来，然后我们就离开这个该死的地方。

男孩消失在河岸下面，男人听见他在水里的声音。一会儿他就回来了，把钥匙递给他。

多谢了，他说。这个，他抓过男孩的手，拉到自己跟前。

你这是怎么回事？

男孩低头看自己的手掌。一条黑色的血线正蜿蜒地滑过。

刚弄的？男人问他。

男孩傻傻地看着伤口。不是，他说。我觉得不是。一定是我刚刚要下河的时候弄伤的。在那什么之前……

男人把钥匙丢进口袋里，挣扎着站起来。来吧，他说。我们俩最好自己处理一下伤口。走这边，他看见男孩正往大路走去，又补了一句。他指了指牧场的方向，迈着瘸腿就走了过去，喘息中还咕哝着，啊，妈呀。

男孩在几步开外跟着他，然后他转身又朝河边的方向走去了，男人看着他走远，他的腿已经消失在晨雾之中，然后是整个身体，他看起来像整个人滑入那排划分河流界限的杨柳中，仿佛在黎明缓缓到来之时消失的水神，随后男人开始怀疑他是不是根本就没有出现过。接着，他回来了，手里拿了一根杆子，递给了他。谢谢，男人说。

他们穿越了牧场，在迷雾和一缕缕光线中穿行，一直走到东边，仿佛是世界末日之后最后的幸存者。

这条道路引着他们走向溪流的上游，当他们走到牧场的尽头时，就沿边界而行——牧场与河流的交汇之处，被挟裹其中的是一道斜坡，如灰色幽灵般的林木一侧，清晨最初的几道光芒正在到来，他们在晨曦中往右手边向上攀爬。他们要艰难地翻过最后一道栅栏，男人咒骂着，男孩攀在铁网上，帮了他一把，此后他们来到河流岔口，从一个木头搭的桥上过去，穿过一道木栅门，走到了马路上，亨德森谷路。

男孩关上了那道木栅门，男人说，我们最好离这条路远一点。现在天已经亮了，什么都看得清清楚楚，他们没准已经发现那辆车了。

他们穿过马路，走上了另一边一条很陡的土路。我们在这里歇会儿，男人说。男孩现在可以看清楚他了。他需要刮胡子了，血已经在侧脸上凝固，他缓步前行时，身体重重地撑在杆子上，喘声如牛，疼痛使他的脸狰狞起来，那些血痕裂开众多细小的纹路，像个老旧的黑色陶罐。他身材颀长，棉外套正耷拉在肩膀上。男孩心想，他穿成这样子，膝盖以下还都湿透了，一定非常冷。他自己的双脚现在都已经失去知觉了，它们正在靴子里发出蹄子般的声响。从开始到现在他一直在发抖。土路向上延伸，拐过弯，随后他们眼前出现了一座房子。

一个稍微年长一些的男人出现在门边，灰色的破烂背心下是一个硕大无比的肚子，垂到裤头下面去了，像是那里面装了头猪。那也是一张肥大的脸庞，脸颊松弛，短须花白，两只猪一样的眼睛正盯着他们，眨了眨。我……的……天……啊，他说，迟缓而平静。然后又开口道：好吧，如果你们还有力气，进来吧。他们进去了，男人拄着棍子一瘸一拐，男孩跟在他身后。屋子里挺热，空气里飘着一股正在煮的肉香味。

嘿，老太婆，房子的主人喊道，来了两个看起来像是从飞机上掉下来的可怜家伙。

一位妇人从屋子另一头的门里走出来，看见他们。我的老天爷啊，她惊呼。她看起来似乎还想说点什么，但她闭上嘴就迅速地消失了。

房间很舒适，就像房地产公司新一季广告册上的图片，有陶瓷的台灯，地上铺了油布地毯，他身后还有一台“温暖早晨”牌电暖器，那会儿他们两人正站着说话。他们几乎不怎么看房子的主人，而主人却盯着他们看，受伤的男人挥舞着胳膊，讲述整个事情，另一个则是时不时地摸摸自己的肚子，又摸摸自己的头，偶尔从牙齿间轻声蹦出一句，天啊，像在评论什么一样地自言自语。过了一会儿，那位妇人又从门里出来了，招呼他们喝咖啡。

要走到餐厅去的时候，男孩对他打了个手势。这位是……

他转头看着男孩。

约翰 · 卫斯理，他说。

约翰 · 卫斯理。这是琼 · 蒂普顿——和他的太太。

当他们走进餐厅里的时候，蒂普顿太太朝他点了点头，说道，你好啊，约翰 · 卫斯理。

他们围着桌子坐下，琼朝他太太说：是约翰 · 卫斯理把马里昂从河里救上来的。

她看了眼自己的丈夫，然后扭头看着他，脸上露出赞许的笑容。被点到名字的马里昂正在口袋里找寻香烟。没错，他说。我差点儿淹死。

她又一次露出笑容。片刻之后她扭头看自己的丈夫，说道，他在河里干什么呢？

就是掉进河里了，琼说道。有个轮胎爆了，然后他的车就冲进了河里。

她又看男孩，仍然带着笑意，略显端庄地啜着自己的咖啡。男孩低下头，眼前的杯子里正冒起热气。有小水珠从他变得暖和起来的发梢滑落，一直流到他的耳垂处，最终滴落了。他仍然包在自己已经湿透的呢子大衣里，他座椅下方的油布毯上已经积起了一个水坑。从杯子的边缘处抬起头，他瞧见那位妇人正往前倾着身子看着自己。她伸出手挤了挤他的大衣。大衣发出一阵滑稽的咯吱响声。

天啊，她说，这个年轻人浑身都湿透了。这样会生病的。她放下自己的杯子，伸手拉了起来，要帮他把大衣脱下来。他看起来弱不禁风，在拉扯中身体摇摇晃晃。

他们终于帮他从外套里扯了出来，这时候男人已经喝完了咖啡，站起来说他准备要走了，问琼是不是能捎他们一程。

他们跟妇人道谢，也谢绝了两三次她说留下来吃早餐的提议，便鱼贯穿过房门，男孩手里还拿着自己的呢子大衣，眼下它看起来就像是一堆刚刚洗完的衣服。随后他们上了一辆停在房子后面的皮卡，车头朝着马路。琼把前轮下的垫子抽掉，也上了车，他们悄无声息地出发了，然后是提速、松离合，发动机发出轰鸣声，他们飞跃到马路上，向左掉头，朝着山脉而去，汽车发出噼啪声响，颠簸了几下，一阵蓝色的烟雾冒出来，弥漫在车厢里。他坐在两个男人中间，努力撑着自己的腿不让它碰到变速挡。车子的地板上少了根板条，通过缝隙他可以看见灰色的马路在下面移动，有风吹上来，涌进他的裤腿里。

他们在山路上开了大概有一英里，然后转了个弯开到了另一条看起来和刚刚没什么两样的路上。琼把车在一个场地上绕了个圈，然后停下来，马里昂打开车门，吃力地爬了下去。男孩等着。

你应该进来坐一坐，马里昂说。男孩扭过头刚打算说点儿什么，琼已经在他身后开口了：我想我最好赶紧回去。

好吧，他说，真是感激不尽。约翰·卫斯理，你最好跟我进去，把你自己擦干，不然你妈一定会拿鞭子抽你。

于是他从皮卡上爬了下来，然后把车门甩上。车子已经发动，琼朝他们俩挥了挥手，他和男人便朝房子走过去。天已经全亮了，空气里有一股烟熏的气息，仍然寒冷。一个女人交叉双手抱着肩膀，正站在门里。她让他们过去了，然后也走了进来，关上了门。

早上好，男人快活地说道。

你受伤了？她问。她的个子很小，一头金发，看起来十分生气。

早餐准备好了吗？他迫不及待地问。

她看起来马上就要哭了，那张脸微微皱了起来，下巴颤抖着。你个混蛋，她说。你都不知道自己在做什么，到最后要把自己搞死是不是？你为什么还没死，简直是个谜，要感谢老天爷，但我完全不知道为什么老天爷要把时间浪费在你和那些跟你一样的人身上……她忽然不说了，看着男孩，他正呆站着，胳膊上还搭着仍然在滴水的外套。他又是怎么回事？她指着他。他帮了你一把？他受伤了吗？

男孩低头看了眼自己，浑身湿透，还沾满了污泥，各式各样的野草种子粘在他泡了水发黑的裤子上，看起来就像一片种满稀有植物的花园，他那双橡胶长靴的靴筒里还有枝叶冒出来，他能感觉到那些树枝已经让他的脚磨出了水泡，和它们一起走到现在，他的脚踝十分疼痛。他的一只袜子已经不见了，一定已经在靴子里的鞋尖处挤成一团了。我没有帮他的忙，他说。我只不过是发现了他。

他抬起头看向男人。男人笑了。别听他胡说，他开口道。他带我走了段路。但我想他应该没受伤。我也没有，我只是把腿撞到了仪表板。

是你的脑袋撞到仪表板了，她说。把你的衣服都脱了。给我过来，坐下。她把他领到一张沙发边，开始解他的鞋带。

男孩站在原地，有点儿不自在，思忖着自己是不是该干点什么。她把男人的鞋子和袜子都脱了下来。然后开始解开他的裤腰带。他就只是坐在那儿，安安静静的，也没有反抗，像陷入了某种沉思。她始终不停地咒骂着，你个混蛋，混蛋，语气里又绝望又充满了关爱。

她脱掉了他的裤子。男孩直勾勾地看着他。

你在干什么？男人用一种嘲弄的语气说道。

你站起来，混蛋！

哈！他说。我现在可没有体力玩这种游戏。

马里昂·希尔德，我对你的愚蠢简直忍无可忍，你听懂了吗？你把裤子给我脱掉，立刻！快一点给我脱掉！老天爷一定很同情你可怜的母亲，我都不知道她究竟是怎么办到的，容忍你这么久居然还没有被气死……把脚抬起来。你……待着，等等。我也得给你找一双鞋。她消失在一道门之后，男人坐在那儿，裤子已经脱下来堆在脚踝的地方，正朝着他使劲眨眼睛。

她回来了，把几件衣服丢在他的腿上——然后她瞧见了他腿肚上那一大片的淤血，暗红色和紫色中还掺杂着青色，在他裸露的白皙的腿上显得很刺眼。她跪了下来，抚摸伤处，轻声啜泣着。她又出去端来了一盆水，拿了块布，小心翼翼地清洗他的伤口，男人时不时假装痛苦地发出轻微的呻吟。但她已经不再骂他了。等她都弄完了，转过身来朝着男孩。你怎么样？她说。

好的夫人。

好的？她把视线从男孩移到男人身上，然后又转了回来。

我觉得你再这么站下去要没命了，还说什么好的夫人。她皱起眉头看着他。都脱下来吧，她说。

什么？

沙发上的男人笑了。他正要换上一件干净的衬衣。

过来，她说，到里面去。她指了指自己身后。我给你拿点衣服。给我两分钟。

他刚要从她跟前走过去，发出一阵奇怪的摩擦声。先把你鞋子里的东西倒掉，她对他说道。他停下脚步。到外面去倒。

他又说了一遍好的夫人，走到门外去了，然后再回来，一只袜子还在脚上，另一只已经脱掉了，在木地板上留下一串古怪的不对称脚印。

她给他指的那扇门里面是个卧室。里头有个带炭火架的壁炉，还散发着余热。他在壁炉跟前那块钉入地板的小地毯上站了一会儿，然后轻轻地推上门。

你先拿那条毯子披一下，女人朝他喊道。

他把身上湿掉的衣服都脱下来，放在他刚刚小心铺在地板上的大衣上面，然后从床尾拿起那条卷好的毯子，把自己裹了进去。

当她拿着衬衣和裤子进来，把它们都递给他的时候，他正站在窗户边，看着外面灰色的清晨。然后她抓起他地上的衣物出去了。他脱下毯子，穿上了干的衣服。还有一双军用袜子，他也穿上了，然后便坐在床边，思忖着是否可以穿着它们直接踩在地板上。可是她并没有再拿来鞋子，过了一会儿之后，他决定走到前屋去。男人已经穿好了衣服，头上缠了绷带，坐在那儿，正一边用一个大盆子泡脚，一边读杂志。他抬起头看见男孩站在那儿，衬衣松松垮垮地垂下来，裤腿卷起来一大截，为了让裤头紧一点，还把背带边上的纽扣扣进了裤腰前的纽孔里。

它们大小有点儿不合适是吧？男人问道。

嗯，先生。

马里昂。

什么？

马里昂。希尔德。我的名字，马里昂·希尔德。

嗯，他说。

很高兴认识你。

我也是。

男人说，找个地方坐吧。

他把那张壁炉旁的藤条摇椅拉了过来，安静地坐下，双手放在膝盖上。男人靠在沙发上，那沙发是个巨大而形状怪异的东西，还套着印了花卉图案的沙发套。在他身后的墙上，挂着一个椭圆形的相框，照片里是他和那个女人，他的妻子，俩人脸上有一丝若有若无的笑意，正看着房间里的一切。地板上散落着一些小地毯，还有一些家具——一个橱柜、一张桌子，还有几张椅子。角落的一张柜子上，摆了一个装饰品，核桃木的底座，上面是一辆铜制的汽车。

你知道那车子里有什么吗?

男孩转过头看他。是的，先生……马里昂。

好吧，男人说道。他又继续看自己的杂志，慢慢地翻过纸页，又看向男孩。他咧开嘴笑了。那可是些好东西，他说。一共有六十加仑。

这时那女人喊他们吃早饭，他放下杂志，拿过一条毛巾擦干自己的脚。男孩看见男人左脚的大拇指少了一截，剩下的部分没有指甲，看起来有点儿奇怪，像个鼻子。男人穿上他的拖鞋，扶着沙发站起来。来吧，他说，我们吃点东西。他用一只脚蹦着朝厨房过去，男孩跟在他身后。

他们坐下来，早餐有鸡蛋和燕麦、饼干、猪腰肉和一大杯咖啡。咖啡又黑又苦，桌子上没有牛奶也没有糖。男孩小口小口地啜饮着，眼神一直没有从男人身上挪开。那女人并没有和他们一起吃，只是在桌子边来来回回，往他们的盘子里补上煎蛋和饼干，把他们的杯子倒满。一直到吃完，男人都没有说话，除了时不时把盘子推到男孩面前，皱皱眉头发出咕哝的声音，督促他把东西吃下去。男人最后吃了点饼干和黑蜂蜜，从桌子边起身走了。几分钟之后他拿着外套和鞋回来了，把它们都递给了男孩。来吧，他说，我给你看个东西，你绝对会喜欢。男孩穿上大衣和那双巨大的鞋，两个人走出厨房的门，来到了新的清晨里，空气如山泉般清新而寒冷，他们前方的山顶上，雾气正在散开，光线从缝隙里像水流一般倾泻而下。男人一瘸一拐地在前面带路，他们来到一个烟熏房跟前，男人扯下一根已经弯掉的钉子，打开了门，然后取下铰链、门闩和锁，走了进去。过来，他说。男孩跟着他走进了散发着霉味的阴暗之中。你好吗，小姑娘，男人说。空气凝重，散发着恶臭，那是狗的气息。接着传来了喘息声。一阵细微的呜咽声从某个角落传了过来。一条小体型猎犬的脸庞在男人的膝盖边浮现而出，正抬着头看着他。她叫拉迪，男人说道。拉迪正在嗅他那条松松垮垮的裤子。

他现在可以看清楚了：一个破掉的灯笼挂在横梁上，杂乱的工具、一个砂轮，还有块拿一段铁轨改成的铁砧……男人蹲在角落里，那条狗兴奋地在他背后上蹿下跳，把自己的鼻子一直往他胳膊里钻。它围着他转，然后坐在一堆袋子上面，随后，他越过男人的肩膀看见了那些小狗。它们互相在对方身上爬来爬去，争着喝奶。拉迪眨了眨它那双温柔的猎犬眼睛，望向天花板。

男人挑了其中一只，把它递给了男孩。他接过那条小狗，那又肥又光滑的小肚子就贴在他的手掌上，腿轻轻地摆动着，他把它抓起来，看着那双平静却已经显得悲伤的眼睛，那是一张带着笨拙耳朵的皱巴巴的小狗脸庞。

它现在四周大，男人说道。这是最好的一只，当然，你想要哪一只都没问题。

什么？

它们的爸爸是一条血统不错的布鲁泰克猎犬——这些小狗混了布鲁泰克和狐犬的血统。这么一搞，它们就是最好的猎犬了。你喜欢吗？

是的，先生，他说。

那好，它现在是你的了。再过一个月你就可以把它带回家，就这么说定了。

杰斐逊·吉福把自己的吊裤带搭在自己的肩膀上，从仍然满满的陶瓷杯里最后喝了一口咖啡，踏着沉重的步伐从厨房的油布毯上走过，到走廊后边从挂钩上取下自己的帽子和外套。

一辆普利茅斯？他重复了一遍。

里格沃特正要把自己的外套挂起来。他就这么说。我还没去那儿看过。我只知道他说了那是辆普利茅斯。送完牛奶之后他直接到我那儿去，让我给你打个电话。不过我直接过来了。他说那是辆普利茅斯。

吉福已经穿好大衣，拉开了门。好的，走吧，他说。我还从来没听过有人用普利茅斯运送威士忌的。

你打算跟警长说一声吗？

我觉得最好还是去看看那到底是什么，然后再给他打电话，吉福说道。

他们让车子留在河边，然后便从铁栅栏穿过去，缓慢地往前察看，检查汽车撞过灌木丛和矮树后留下的缺口。车子完全从栅栏上飞了过去，刮掉了桥边杨木的一丛枝丫，最后跌落在离路边大概三十英尺的地方。它完全翻了过来，躺在河的另一岸，朝着与来时完全相反的方向。吉福只能看见它的底盘，但他通过后轴梁的两根半椭圆形弹簧知道这辆车不是福特。他们不得不回到路上，从桥上走过去，来到车辆旁边。它撞在河岸的树根上，各处支离破碎，玻璃碴从后备箱大开的盖子处散落出来。

晚些时候他们找了辆拖车，把残骸用卷扬机吊起来，车盖几乎被掀开了，玻璃纷纷扬扬落进河里——有人说这个过程有半小时之久——总而言之，花了不少时间。还有两三瓶没有破碎，这让吉福很高兴——这可是证据，他说……

这是一辆 1933 年出厂的普利茅斯，右前胎上有个洞，大概有三指宽。除此之外没有其他什么值得注意的，只不过是一辆掉进了红枝河里，后备箱里满是威士忌酒瓶碎片的汽车。

吉福仔细地检查了地上的情况，沿着河岸来回走，像是他在那儿丢了什么东西。他在纸上的角落里记下了车牌号，但靠近一些他就发现那是去年的牌照，被重新涂了漆，他厌恶地丢掉了那张纸。

依我看来，他肯定受伤了，里格沃特说道。

他们。

什么他们?

是啊，他们，吉福说。有两个人。

你是说那些脚印吗?我想是奥利弗的，他下来河边想看看有没有人受伤……

但他应该不会跑到河里去看吧？你看这里……吉福停下来，看着地上。漫长的一分钟之后他抬起头看向里格沃特。嗯，里格沃特说，我觉得你是对的。

我觉得……

是的。另外一个人不在车里。他只是路过这里，把车里的人拉了出来。

那就不是奥利弗，里格沃特强调了一句。他从这里经过的时候，也没看到附近有人。他……

我说的不是他，这位警察说道。如果你准备好了，到这边来。

天开始下起了小雨。

我记得天气就要变暖了，吉福说。如果没有再下雪的话。

杂货店里聚集了一众老人，围着牛奶箱叠起来的咯吱作响的柜子无休无止地聊着，语调缓慢而严肃地谈论一些毫无意义的事情，用他们浑浊的眼睛盯着炉子里暗淡的红心。他们裹在自己深色的大衣里，看起来模样十分贪婪，一张张消瘦的脸庞饱经风霜，皮肤像蜥蜴般又干又皱。约翰·希尔看起来就像个组装得很糟糕的骷髅架，他身上沾满灰尘的衣服松松垮垮地搭着，皱巴巴的，他的手腕从两只像教袍般巨大的袖子里伸出来，宛如两根干枯的木棍。约翰·希尔费力地张开牙已经掉光的嘴巴，发出轻微可闻的嘎吱声，说出了他的声明:那不是这样子的，它要么是这样，不然就是那样。

这句话引来一众赞许的点头。玻璃箱里的蟑螂正在四下乱窜，它们从摆得稀稀拉拉的糖果上爬过的时候，发出一阵清脆的咔嚓声，再用这粘了甘草的腿爬过玻璃，亮出自己又黄又平层层叠叠的腹部。无论是夏天还是冬天，它们都在糖果箱里巡逻，还要检阅手帕、袜子和香烟。偶尔它们也会入侵肉柜，那是一台白色的医用柜，下边玻璃卡槽的位置，因为渗水已经生锈了，那褐色的点点锈斑就像是嚼烟的唾沫痕迹，更糟的是，那些痕迹还顺着柜子表面的搪瓷往下蔓延，但蟑螂在那里面很快就会被冻死。它们的尸体就沿着细水管安详地躺成了一排。

约翰·卫斯理靠在玻璃柜上，看见那辆汽车在已经生了锈的橙色消防栓跟前停下来，从车上下来两个人。当他们俩走进门来的时候，充满鼻音的嘎吱说话时戛然而止，老人们抬头看看上面，又低头看看地板，最后都望向了炉子。有那么几个人从自己工服口袋里掏出了小刀，开始无所事事地刮起那几个牛奶箱。约翰·希尔艰难地站起身，用缠着绷带的手打开了炉子的门，从炭斗里又拿了几块炭丢进去。店里扬起了一阵灰。他朝着灰狠狠地咳嗽起来，松开手把铁炉门关上了。

那两个人前后脚走向汽水的柜子，踩在粗糙木地板上的步伐十分沉重，有军人做派。他们挑了饮料，高个子的那个走到柜台前，丢下一枚十美分的硬币。另一个关上柜门，坐到箱子上，吸了几小口自己的饮料，朝老人露出一个奇怪的假笑。

约翰·希尔转身对着柜台前的人说道，你好啊，吉福。

你好啊，吉福说着一边朝着大家点了点头，喝了口汽水。

埃勒先生从挨着肉柜的椅子里站起身，去把钱收起来。吉福也朝他打了招呼，他咕哝了几声，顺手拿过柜台上的一份报纸，走回了自己的椅子边。

天气变热了，吉福说。屋外的雨已经停了，一阵冷风拂过店铺门口发红的水坑。他仰起头，又喝了一口。一只苍蝇发出电流般的嗡嗡声，撞在前面的玻璃上。炉子里的火噼啪作响，发出沉吟。

吉福把瓶子举到眼前，看了一下，嘴巴边上还有汽水，他轻轻地晃着瓶子，察看着汽水的黏性和气泡，像在怀疑某个陌生的事物。在他肥硕的下巴之下，喉结正上下蠕动着。

你们知道吧，有人把一辆老普利茅斯开进了河里，他说。

有几个人抬起头。真的吗，有人开口了。

是的，先生，吉福说。真是不幸的事情。

里格沃特，这位仁慈的警察，眼下刚刚喝完自己的汽水，把手按在柜子上，往前倾了倾身体，坐在了自己的手背上——看起来就像个蚱蜢，显得瘦弱，他的两条腿如纺锤般悬挂在柜子边。他前后晃起腿来，脚后跟一下一下地撞在汽水柜上。这样看起来，就像是一只长腿但孱弱的蚱蜢了。他的脸上一直挂着同样的笑容，但没有人注意他。他在店铺后面用22口径的枪射击那两条狗的那一天，大部分的老人也都在场。七颗子弹，开了第一枪，那条狗就嚎叫着沿栅栏挣扎着往前跑，从岔路口的地方窜进牧场里，一直跑到有一群小孩站着看它的地方，这下子轮到那群小孩尖叫起来了。

是啊，真是不幸……他说，语气里却带着一股欢愉。

吉福锐利地瞥了他一眼，他便沉默了，低下头直勾勾地看着自己晃荡的脚跟。

我想大家应该都不知道那辆车是谁的吧，吉福继续说道。

有些老人好像开始打起盹来了。苍蝇在玻璃上发出嗡嗡声。

我找了辆吊车来，把那辆车拖到镇上去了。当然啦，我会把这辆车归还给它真正的主人的。

你说的这是辆什么样的车？说话的是个靠在肉柜上的男孩。

吉福刻意装出漫不经心的样子，喝完了最后一滴汽水，然后把瓶子小心地摆到柜台上。他看着男孩，然后又看向男孩的脚。

你一直都穿这种拖鞋吗，孩子？

男孩没有低头看。他开口回答，但他能感觉到自己的声带卡住了。他咳了几下，大声地清了清嗓子。他觉得自己的脚变大了。

下雨天鞋总是不够穿，吉福说。然后他从店铺里穿过。里格沃特从汽水柜上跳下来，跟上了脚步。吉福在门边停了下来，门半开着，他正斜斜地看着头上的什么东西。是的，先生，他说，看起来快要雨过天晴了。里格沃特在他身后来回踱步，像一只不祥的黑鸟。

好了，我们告辞了，吉福说。

肉柜边上，埃勒先生正在报纸后面打瞌睡。他一直低着头，眼下也没有抬起来。下次见，他说。

他们两人走了。苍蝇又开始在玻璃上起舞。围着火炉的老人大会逐渐恢复了生机。男孩站在肉柜边上，觉得不自在。有几个老人用又黑又皱的手卷起烟来。一阵沉默。他走到门边，在那儿又站了一会儿。随后他离开了。

* * *

它的第一声吠叫如空气般稀薄而清澈，在河湾与山谷中有细长而逐渐减弱的回音，它们交错在一起的瞬间，就像是玻璃风铃最后一道清脆的音符。他能听见身旁的男孩在黑暗中的呼吸声，男孩紧张地聆听着，正试图让自己安静地呼吸。它又叫了一声，他站起来，轻轻地碰到男孩的肩膀。我们走吧，他说。

一连串的吠叫声好像机枪在射击。男孩站起来。它爬到树上去了吗？他问道。

不是。它刚刚在追逐猎物。然后他又补了一句：不过它逮到猎物了。他从他们暂时栖身的山丘走下去，穿过迷宫般的矮松林，光亮的针叶在地上变成了一张厚厚的毯子，让下山的步伐变得变幻莫测，他们从一棵树滑到另一棵树，一直到山底下的冲沟边上。那是一条漆黑的渠道，越过去便什么都看不见了，不过他知道那儿是片牧场，然后再往前走几百米，是个陡峭的河岸。他跳进渠道里，听见身后男孩脚底下沙土打滑的沙沙声响，然后从另一边爬了上去，开始缓步穿过整个牧场，丰盛的草木在脚下噼啪作响，当他开始跑起来的时候，他的灯芯绒裤子也跟着发出规律的窸窣声。

河边的那些棉白杨从黑暗中显现出来，荒凉而苍白。他穿过已经倒塌的低矮铁丝网栅栏，当男孩跟在他身后也经过栅栏时，他又一次听见已经被撞得变形而至断裂的雪松上，那些生锈铁网的震动声。他们已经来到河边上的树林里，踩在被霜冻的叶子上，发出喀嚓喀嚓的声响。

拉迪兴奋而尖厉的叫声从他们右手边传来。他们仍在黑暗的树下移动着，经过了一些在空地上刚刚生长起来的年轻松树，那些松树像围在一起晚祷的人影，在这黑暗的隆重仪式中，仿佛一众德鲁伊教徒。

它跑到哪边去了？他努力让自己讲话的时候不那么喘。

男人有一会儿没开口，然后他说，一样的方向——他举起手大概地指了一下。他的背又一次隐没于黑暗之中。男孩跟在他身后，走路时把脚抬得很高，跟随着落叶破碎的声音。他们的路线斜斜地朝着河去了，他能时不时地听见河水奔流的声音，眼下刚刚下过雨，水声比平时要响，就像一辆满载货物的火车从远处轰隆隆地开过。

当心树干，男人回头对他说。他几乎没时间反应，就要跳过去，被那风刮倒在地的树干绊了一下，失去平衡，蹦了几下扶在一株小树上，他低下头继续往前走，努力想看清楚周围的情况。树木冒出来，缓缓地从身旁经过，再次遁隐于远处的黑暗中。他们开始攀爬起来，那是个长长的斜坡，当他爬到坡顶时，瞧见了眼前的身影，在海蓝色的天空之下，那个身形轮廓一闪而过。而他所在之处的下边便是河道。他们往下走，来到河岸的一个低处，再爬上来，然后男人就不见踪影了。他站住了，听着。有另外一个声音和拉迪的叫唤声汇合了，那声音要低沉一些，也没那么紧张。它现在离得更近了，一路搜寻而来，越来越近。在自己的呼吸声之间，他能判断它的方位。旋即，它停下来了。

片刻的寂静，然后另一条狗叫了，只吠了一声。从灌木丛里传来了一阵声响。右手边传来两声凶狠的吠叫，随即是水花声响。一个声音在他身旁低声道：它把它拖进河里了，来吧。男人便沿着斜坡一侧走了下去，男孩跟在他身后，他们来到河边最后那道斜坡的一个平台上，头上是一棵枝粗叶茂的山毛榉。有什么正从上头的坡道下来，他们停下来等着。一个长身影从落叶上闪过，朝河岸去了。随后传来一声短促的嗥叫，再接着是水花溅起的声音。他们又接着走，路线蜿蜒曲折，一路往下来到浅滩，水积在那儿，他们借着水面那层膜反射的微光，寻着纷乱的水花飞溅声和断断续续的低沉咆哮而去，看见几个身影正纠缠在一起，那条刚刚到达的狗已经扑进水里，和它们扭在一起。那团打斗往下方移动着，到水深的地方去了，被笼罩在河岸的阴影里。咆哮声停歇了，唯独剩下水流可怕的哗哗响声。

他们右手边的树林中出现了亮光，忽然消失了，又出现，闪烁着，漂浮着，在黑暗中显得阴森怪异。他们听见冻了霜的枝丫碎裂的噼啪声，然后又趋于沉寂。那光突然喷射而出，在他们身上猛地停住，随后沿着河岸边缘扫过一道弧。

嗨，有个声音说。

卡斯？

是的……是你吗，马里昂？

把手电筒照过来，它们在河里。

他们走下河岸的斜坡，在灯光的照射下，那四条已经扯伤的腿一瘸一拐。

照着我们，希尔德说。

他们朝着河沿走去，闻到了烟味和狗毛的气味。个子矮一点的那个人把手电筒的灯光在河面上缓缓地照来照去。它们哪儿去了？他说。

更下游的地方。嗨，比尔。

嗨，那一个人说。在手电筒的灯光里，他们呼出的气变成了一阵白烟，盘旋上升，如华盖般萦绕在他们脑袋周围。鹅卵形的光亮滑过对面的河岸，一晃而过，又扫回来，最后落在冰冷河水里纠缠在一起的身影上。浣熊的眼里放出红光，张牙舞爪，毛发湿透了，十分凌乱，尾巴正颓然而狂乱地在水里甩动。体型大的那条狗正谨慎地围着它转，疲乏地在河水里艰难地走动，失去了热情。他们看见拉迪的一只耳朵从浣熊的前爪下晃过，挣脱出来，然后它的后腿从河水里站了起来，尾巴闪过一道光也出现在水面上，随即又一次无声地沉入漩涡之中。

卡斯把手电筒照向水面，抓起一把石头，然后把手电筒递给了另外的那个人。照着它，他说。他朝浣熊丢了块石头。那石头在光束中划过，然后消失不见，留下一声沉闷的入水声。大猎犬朝河岸的光亮跑去，当第二颗石头划过一道稍纵即逝的弧线，落入浣熊口鼻下方的水里时，拉迪的尾巴再一次拼命地挥舞起来。

它松开爪子，顺着水流往下游逃走了。那条大狗此刻在河的对岸，正发出可怜的呜咽，沿着河岸缓行，拿着手电筒的男人发出马叫般又高又急的声音，对着它喊，去啊，孩子！快去抓住它。它转头看着男人。它怕石头，他解释了一句。

你消停会儿吧，希尔德说，从他手里拿过手电筒。拉迪现在大概在他们下游三十米远的地方。灯光照在它身上的时候，它扭过头来，眼睛里是苍白的橘色，它的耳朵朝着两边耷拉下来，泡在水里，它带着一种疲惫又冷漠的决绝走在水里，搅起一路水花。它把自己的嘴唇向上咧开，露出一个恐怖又滑稽的笑容，像是要防止水灌进自己嘴里。

好姑娘！希尔德喊道。好姑娘！他们在荆棘里直接开出一条路来，也沿着河往下游走去。它会把自己淹死，有个声音说道。

快去，好姑娘，去吧……

他感觉不到水。他也听不见他们的声音，自从和他们在上游的某处分开之后，他就再没有听到他们的呼唤声，那时他正钻进蒺藜丛中，但他也没有察觉那些刺的存在，他全然不在乎，唯独觉得它们勾住了他的大衣和腿，像是许多试图抓住他的小手。然后他就爬上岸了，找到落脚的地方，却在湿滑的泥土上歪了一下，他的腿往下一滑，踩进了水里，双手在空气里挥舞着，终于站住了，然而他还没来得及停下步伐，河水已经淹到他大腿的位置，他刚在河水里迈出第一步，瞬间就直直往前摔去，像一只扑向猎物的苍鹭。

但他仍然毫无感觉。当他再站起来的时候，水已经淹到胸口了，柔软的河床在他脚底下蠕动着，就像他正走在河底众多生息繁衍的生物的身体之上。现在他能看得清楚些了。河岸边没有光亮，他心里想：我往下走得太远了。也没有其他声音，只有水流汩汩不休，围绕他周围而流淌着。他继续往前走，这一次，水没过了他的头顶，然后他又从水里冒出来，好像有什么沉重的东西挤在他的胸口。他把手往水里伸去，把它举起来。拉迪的脑袋冒出来，正转着眼睛默默地看着他。抓住了它的项圈，河床升高了，他脚底打滑，往后倒了下去，拉迪从他身上滚了过去，开始挣扎起来，他的脚终于碰到了石头，他抓住它，稳住自己，再一次站了起来，然后拉着狗，艰难地蹚过河水。

他们在手电筒的灯光里走到了，希尔德蜷缩在柳树下看他，他的手里仍然拎着狗。希尔德什么都没说，消失在树林里，一会儿之后，他抓了一把枯枝和荆棘回来了。

其中一个男人在他身边俯身跪下，抚摸着拉迪，检查它身上的情况。它看起来没事，他说，是吧，孩子？

他开不了口，只能点点头。现在感觉更冷了，他整个人都麻木了。

另一个男人说：孩子，你要大病一场了。在你冻在这里之前，我们最好把你送回家去。

他又点点头。他想站起来，但当他挪动的时候，实在忍受不了衣服在他身上的摩擦。

这时希尔德已经把火点起来了，大家能听见干枯的荆棘燃烧时发出的噼啪声，一团橘色的火焰在树林间跳跃而起。他能看见希尔德的身影在昏暗中走动，捡拾烧火的木柴。然后他又走回来了。他一把抓起那条发抖的狗，随后给男孩指了指方向，让男孩跟着他。你到这边来，他说。把衣服都脱了。

他站了起来，艰难而僵硬地跟上他们。

希尔德把狗放在火堆前，转过头看男孩。把你的外套给我，他说。

男孩把铅一样重的呢子外套脱下来，递给了他。他把它裹在一棵矮树的树干上，抓住尾端，拧起来，看起来有一加仑的水从大衣里被挤了出来。随后他把它摊在灌木上。他回过头的时候，男孩仍然站在那儿。

全部脱掉，他说。

他动手把自己的衣服扯下来，男人从他手里一件件地接过衬衣、裤子、袜子和内裤，拧干它们，把它们晾到一根在火堆前搭起来的竹竿上。他脱完了，赤身裸体地站着，白得像一条火炉中的蛞蝓。希尔德脱下自己的外套，抛给他。

穿上它，他说。把你的屁股挪过来，坐到火堆跟前来。

那两个男人在身后的树林里，他能听见他们踩碎枝叶的声音，也能看见手电筒的光来回闪烁。其中一个拖了段巨大的木头回来，把它丢进火里。火星飞溅起来，四散开来，在飘往他们头上光秃秃的树枝时，化作带着点点猩红的烟，随着风，在昏暗的林间又缓缓落下来。

他坐在一个用葡萄藤踩出来的席子上，那件长外套能盖到他的屁股。希尔德最后又挪了挪那根晾衣杆，然后走了过来。他点了根烟站着，盯着他看。

挺冷的，是吧？他说。

男孩抬头看他。太冷了，他说。

衣服开始冒出蒸汽，看起来就像是被肢解的猎物正在烤架上冒烟。然后希尔德说，你对那头浣熊做了什么？

浣熊？

是啊，那头浣熊。

他妈的，男孩说道，我压根儿就没看见那只浣熊。

噢，好吧，希尔德说。但他的声音出卖了他。他妈的，我还以为你也抓住了那头浣熊。

呵，男孩嘘了一声。火光在他的牙齿上摇曳起舞。

那两个男人在火堆前烤手，矮个子的看着男孩，脸上挂着和蔼的笑意。另一条猎犬出现了，要走进火堆的光亮之中时还犹豫了一下，它嗅了嗅正散出水汽的衣物，带着一种神经兮兮的冷漠，从它们跟前走了过去，无精打采的，但始终保持着一条猎犬的魅力，它走到拉迪正安静地伸出爪子扒着的地方。它嗅了嗅拉迪，拉迪抬起头，用自己悲伤的红色眼睛看着它。它就那么站了一分钟，望向前方的远处，然后它从拉迪身上跨过去，沉默地融入灌木下黑暗的藤蔓之中。另一个男人走到拉迪边上，伸手抚摸着它的头。它的一只耳朵被撕裂开来，流出的血已经凝住了。

对一条狐犬来说，浣熊还是太难了，他说。狐犬总是奋不顾身。但是那条老美洲赤犬不一样——他指了指身旁黑暗中的某处——如果实在太难了，它会选择放弃。但一条像你这样的老狐犬——他又指了指眼前的这条狗——总是想要打到最后，是这样对吧，我的姑娘？

当希尔德让他从车上下来的时候，他身上的衣服还是湿的。你最好快跑回去，他说。你妈妈会骂你吗？

不会的，他说，她肯定已经睡了。

好，他说，那我们下次再去。但你不能再到河里去了。先这样吧,我得走了。我家那位女主人肯定又要站在门口迎接我了。

好的，下次见。他关上车门。

晚安，希尔德说。汽车启动开走了，留下一串浓烟，只有一个车尾灯晃着红光。他转身朝房子走去，房子漆黑一团，古老的橡木已经腐朽不堪，他穿过落满霜的院子。他的影子爬上披屋的房顶，悬挂在一根树枝上，然后继续往上攀爬，和枝丫交错在一起，突然就站立在房子的屋顶上了。他从屋檐下滑过，然后消失在山形墙黑色的方窗里。

第三章

十二月二十一日午夜刚过不久就开始下雪了。清晨在冬日短促而阴晦的阳光照耀下闪着幽灵般的灰色光亮，大地躺在一片死白之中，隐约闪过点点磷光，仿佛自己正在发出光亮。大雪仍然在下，盖住了河边的树，山也被掩盖了。雪下得很温柔，轻轻地下，巨大无垠的白色中只有细微的声响。

这天早上老人起得很早，远远地望着小山谷。一切都是静止的。唯独雪一刻也没有停下来。他推开纱门的时候，门沉沉地陷进了走廊上和堆在屋子旁的积雪里。他站在那儿，把手插在袖子里，看雪花斜斜地飘落而下，躲开了屋子角落的栏杆。天非常冷。炉子上烧开的咖啡壶里传来嗞嗞声，把他唤回了屋子里。

天越来越暗，没人说得上夜晚究竟是什么时候降临的。然而雪仍在下，丝毫没有停歇。也没有风，雪花在寂静中堆积起来，再一点点坍塌……四下里一个人都没有。所有的狗都安静了。屋里，老人点了一盏灯，自己则躺在火炉旁的一张巨大的摇椅里。他从椅子旁的一个篮子里抓了本杂志，是一本旧的《田野与溪流》，又皱又破，纸页已经变得像羚羊皮那样软。他把杂志摊在自己的膝盖上，随便翻看起来，不过他已经几乎把那里面的内容熟记于心了——无论是故事、照片还是广告。偶尔他会听到身下传来轻轻的摩擦声，那是地板下面的黑暗里，史库正在那堆破袋子叠起来的窝里挪动身躯。

他翻了一会儿杂志，然后起身去厨房，从那个没有水龙头的水槽上边一个高壁橱里，拿了个用来装糖浆的广口瓶，瓶子里几乎装满了黏土般黏稠而不透明的红褐色液体。他拧开瓶盖，又从餐具橱里拿了个果酱罐子，把它装满了。随后他回到自己的摇椅里，把那瓶饮料放在摇椅的扶手上，把杂志又摆回自己的膝盖，便开始前后摇晃起来，瓶子里的液体也随着节奏缓缓地起伏晃荡着。偶尔他会喝上一口，嘴唇下边的白色胡茬被染上了深栗色。煤油灯安详地燃烧着，仿佛一盏柔软的花冠，把漆黑的玻璃窗映得通红，一只消瘦的蜘蛛正悬挂在粘满尘埃的蛛丝上。

老人摇晃着，在巨大的摇椅里仿佛一个侏儒。他似乎正在思考眼前杂志泛黄纸页上提出来的某个隐晦问题。

清晨快要结束的时候，一只公鸡叫了起来，老人的玻璃窗上亮起一抹玫瑰红。他睡着了，那抹色彩消失不见，东方发白，变成了尘土般的灰色。那只鸡又啼叫了一次，像是有所怀疑，过不了一会儿老人从他的摇椅里惊醒，打翻了果酱瓶，瓶子发出一阵沉默的响声从地板上滚过。

他穿过房间里朦胧的光芒望出去。已经早上了，油灯和炉火都已经燃尽，他觉得自己浑身僵硬，正冷得发抖，他揉了揉眼睛，然后又揉了揉背，小心翼翼地起身，打开了炉子的门，拨了拨如羽毛般轻盈的灰烬。他走到窗边望向外边，雪已经停了。史库趴在雪里，雪堆到了它的肚子上，正拿它浑浊的眼睛看着这奇幻的景致。院子的另一头，松柏闪烁着光芒，红雀快速飞过，像一滴鲜血。

他们一行三人从房子前那条人迹罕至的路上经过，还带着两条狗。他们其中一个拎着只兔子，随意地抓着它的后腿，兔子的脑袋随着他们的步伐而无力地晃荡着。另外两个人都带着枪，男孩只认识他们中的一个人。从九月开学之后男孩就没有再见过他了。

他们一边比画手势一边说话，并没有注意到他站在院子里，于是他朝着马路移动，走向信箱。踩在耀眼而无瑕的雪地上时，脚底下发出声响。拎着兔子的那个人脚上包裹得严严实实——包裹用的布袋一直缠裹到膝盖处，还用绳子捆住了。那人瞧见他走过去了，这时候沃恩也回头看见他，便朝他挥了挥手。

你好啊，约翰·卫斯理。

嗨，他应声道，一边从河岸上滑下去。

他在夏天的时候认识了沃恩·普利亚姆，那是某个下午，他正要往池塘去，就是在那个时候他看见那只猎鹰在蒂普顿牧场上低空盘旋，其中一条腿上还绑着细绳。他穿过牧场来到山丘顶上，沃恩就在那里，手里牵着绳子的另一头，猎鹰从他的头顶上直直飞蹿而起，带着一股慵懒的冷漠。

你好，沃恩说。

你好。他的眼神追随猎鹰而起。你在干什么？

啊，就是让我的鹰练习飞翔。如果没风它就飞不起来。所以一有点儿风，我就让它飞一会儿。

你从哪儿弄来这只鹰的，他问道。一直盯着那盘旋的鸟看，他的后颈开始觉得痛了。

我设了个钢的圈套。你要看看吗?

好啊。

他用手腕的力量把鹰从天空中拉扯下来，用尽全力和那对巨大而不安分的翅膀抗衡，让它一点一点地越飞越低，终于让它回到地面上。猎鹰用仅有的那条自由的腿跳跃了一会儿，终于安分下来，但仍然用一种凶狠的眼神盯着他们，那颗裸露而可怖的脑袋上，一对炯炯的眼睛始终眨也不眨一下。

这是一头黑秃鹫，沃恩解释道。是一种红脑袋的秃鹰。

你把它关在什么地方?

关在储物室里，他说。

这样都没人会骂你吗?

没有。我妈一开始发了顿火，但我跟她说我要把这头鹰带进屋里，让它学学怎么坐在桌子上，她听完就没有再说什么了。当心离它远点，不然它会吐在你身上。它就吐在洛克身上了，洛克再也不想靠近这头鹰了——它再也不想和这头鹰一块干活了。没有人相信它有用处，除了我。我很喜欢它，因为它是个彻头彻尾的混蛋，而且凶狠无比。你叫什么名字啊?

那是两条米格鲁猎犬，腿短，但十分疯狂，在雪地里跳来跳去，积雪可以没到它们胸口处，或者把鼻子撞进雪里，往前犁开一条沟，雪花就从它们的耳朵上扬过去，尾巴也狂乱地甩着，然后抬起皆白的眉须，那莫名其妙的灰白脸庞就像个小老头。

你们要去哪儿？他问他们。

去采石场，沃恩说。跟我们一起去吧——我在一个洞里堵了一只臭鼬，我得把它弄出来。这个是约翰 · 罗明斯——他指了指带枪的高个子——然后这个是布格。

嗨，他打了招呼。他们点了点头。

我们逮了只兔子，布格说着把手里那个落满雪花的僵硬猎物举了举。是约翰尼[1]在那边的草场上打到的。

那两条狗围着他转，嗅了嗅他的裤腿。这两条狗都是约翰尼的，布格又补了一句。都是抓兔子的好狗，是米鲁格猎犬。

是米格鲁，你这个傻子，沃恩说。

啊，是这个名字没错，布格说。反正就是它们。

洛克呢？男孩问了一句。

它还在我家屋檐下舔自己的狗爪子呢，而且绝对还坐在它早上跳进雪里的地方。我们可没办法把它从那里拖开。再说了

[1] 约翰尼系约翰 · 罗明斯的小名。

它也根本逮不着兔子，它是专门猎熊的。

我现在也有条狗了，他对他们说。一半布鲁泰克血统和一半狐犬血统。绝对是猎犬里面最好的搭配。他们已经走到马路上，那两条米格鲁猎犬装出侦查的样子，扑出去，玩闹个不停。

你带它出门了吗？布格问道。

没有。它现在还只是条小狗。我把它放在一位住在亨德森谷路的老兄那里。那条狗就是他给我的。

你现在三更半夜在外面鬼混连个理由都不用跟我编了是吗？这是她站在厨房里对他说的话，那会儿他胳膊上还抱着那条小狗。她肯定吃了火药，当他把小狗又带回希尔德面前时，希尔德对他这么说道。他很尴尬，解释了几句，说他为什么不能留着这条狗。没关系，它是你的就是你的，现在只不过是寄放在我这里，你想看它了随时可以来。

我在家里找到了一支老步枪，是我曾祖父的，布格说。它几乎跟我一样高。

他们从马路上离开，穿过一片长满矮松的林场，两条米格鲁奔跑起来，约翰尼·罗明斯呼喊它们开始狩猎了。到处是碎石的斜坡上长满了灌木，他和沃恩踩过去，查看已经冻住的排水渠，但一只兔子也没有。他们翻过栅栏，走到铁道上，沿着它朝南的方向走去，穿过整片在太阳下闪着光芒的雪白牧场，最后一丝雾气也在闪烁着光辉的蓝色光芒中消散殆尽了。

他们在排水口站住，然后从沟渠的岸边走下去，试了试结冰的情况。冰是黑色的，许多树枝野草被冻在里面，露出恐怖的模样。两条猎犬走到河边，发出呜呜声，试探着把爪子踩上去。没过一会儿，它们大胆起来了，跑到冰面上玩闹，到处追逐，每次转身的时候，它们的后腿就会发软打滑。布格因为脚上裹得严严实实，没办法滑冰，于是他就拎着那只兔子站在岸边看着他们。过了些时候，他生了堆火，用核桃树的树皮打起来一个板子，找来矮松的树枝铺在上面，他们回来了，围着它坐下。

约翰尼就是在这里抓到牛蛙的，沃恩说。就在那根大树干后面，另外那头。用捕鼠器抓的，夹住了它的屁股。

怎么办到的？约翰 · 卫斯理问。

为了这个他还跟我赌了一瓶汽水。我那时候看见他从我家门前经过，拿着根鱼竿，上面还吊着一个捕鼠器。他说他要拿那个东西去钓牛蛙。我就跟着他一块儿去了，他把那玩意儿在树干后面弄好，我们就去了杂货店。我就在想，这个傻子的驴蛋脑瓜是不是被踢了……

约翰尼 · 罗明斯笑了。他跟杂货店里的所有人说了这件事，他说。

是啊，我们所有人都笑得快喘不过来。然后这个混蛋就跟我说赌一瓶汽水，看等我们回去的时候有没有逮到一只牛蛙，他信心十足。结果就正好夹在屁股上。我简直惊呆了。我们立刻回到杂货店，他带着那只牛蛙还有他的竿子和所有的东西，然后，我就给他那瓶汽水付了钱。

这是老印第安人的把戏，布格说。

什么？

快把树皮放下去。把火烧起来啊。

快到栅栏前的时候他又犹豫了，把手套摘了下来，朝掌心哈气。从山上还有山谷里传来几声枪响，回荡着，然后慢慢减弱了。所有的树都被雪包裹了，枝丫不见了，只剩下漆黑的树干在带着花边的光晕下挺立着，如白色海珊瑚在风中闪烁着微光，发出铃铛或者是什么细小乐器般无休无尽的丁零响声，而晶莹的冰凌时不时地从林间各处落下来，在雪地上留下费解的奇特符号。有什么看不见的东西从附近一闪而过，留下一道轻柔的声响，已经钻进了他上方杨树的树皮里。紧接着传来了一声爆裂开来的又细又尖的枪声。

老人没有在意。他又戴上手套，一手抓着栅栏上的铁网往前走，下坡的路上，那些撑着铁丝网的木桩开始晃晃悠悠，就像悬挂在蜘蛛网上的细小树枝，自从被钉下之后，那些木桩下的泥土日复一日已经被冲刷得差不多了。几条狗找寻着，过了一会儿，他才看见它们在下面一些的地方，有几棵树倾颓而跌入坡底，倒在了贫瘠的土地上，那些狗是从树的后面冒出来的，迟缓地移动着，身躯很小，它们低弱的叫声仿佛是玩具号角发出来的。那里有两条狗。它们去到坡底，然后从另一头爬上坡，继续往前，穿过草地，它们白色与褐色相间的身躯轮廓在污泥与积雪的光景中变得模糊不清，最后只能看见它们变成还在移动的点，仿佛它们已经融入了土地，变成一场灾难最初的信号。

他缓缓地走着，这里的积雪更厚了，雪花层层叠叠，盘亘在忍冬花丛上，它们被压得扭曲，枝丫垂到小路上，所以他时常得低下头才能从下面穿过。沿着坡小心翼翼地走着，他的脚印下显露出漆黑的叶子，颜色有如沼泽里尚未被封冻的死水。来到山顶，路在那儿拐了弯，在树林间拉出一条白色的线，他在那里站了一会儿，拍掉落在肩上的雪，从卷起的裤腿里掏出雪团。他在积雪里往坡下走了百来米，然后从另一侧再次走进了树林里，手里拿着一把没有柄的锯刀，那刀是用旧锉刀磨成的。

他驼背而蹒跚的背影幽灵般地消失在小树林里，像一位圣诞时节出没的诡异行刺者。

一刻钟之后，他的身影重新出现在马路上，手里仍然拿着那把锯刀，身后拖着一株小雪松。走到果园下面的拐弯处，他停下脚步回望了一眼，把刀子收进大衣里的某处，随后把雪松扛到肩上。往前没走多远，他又进树林里去了，走了一条往右去的小路。这一次他只在那里面待了几分钟，等他再出现的时候，那株雪松已经不见了，他沿着一开始走过的足迹，回到了他刚才离开的马路上。随后他就又一次消失在树林里，沿着与上山时候同样的路下山了。

他们钻过采石场乱七八糟的碎石，沃恩在前面带路，一群人来到那个洞穴跟前。

看起来是个小洞啊，约翰尼 · 罗明斯说。

里面很大的，沃恩说。等我把它挂起来，就带你们下去看看。他把臭鼬捆在树枝上，然后手脚并用地从岩石下面的小洞口钻进去，从地面上消失了。他们跟着他一个个钻进去，刚进洞口的地方，冬天的刺草钩在他们的裤腿上，发出蝰蛇般的咝咝声。一到里面，他们就擦亮火柴，沃恩从某个裂缝里拿出一截蜡烛，点燃了它，石灰岩就显现出形状来了，弯曲的顶，如流水滑落而形成的凹处，看起来就像是这个洞的一部分曾经融化之后，才又凝结成了现在这般歪曲而畸形的模样。他们膨胀而可怖的影子爬在岩壁上，在已经干掉的成堆蝙蝠粪便间摇曳。他们仔细地看了那些刻在乳白色软岩上的符号字迹，一些心形的符号、名字、古老的日期，还有关于性爱的粗糙图案——膨胀得像电灯泡的阴茎，以及年轻男孩想象中的宛若蜈蚣般奇怪的阴户。

他们沿着岩壁顶上一条红色的黏土印记走到了另一个更大的空间里，传来的回声就像是猛禽的鸣叫，他们的笑声空灵地回荡着，那回音仿佛是嘲笑声。水不停地滴落在石头上，发出轻微的啪嗒声。那两条狗跟在他们身旁，紧张地迈着步子。

这是最大的洞，沃恩说。后面还有一个我的秘密洞穴，因为入口的地方有石头挡着，没有人会发现。然后还有一条通道可以到更深的地方，但我还从来没走到底。也不知道它会通到哪里去。

布格拖着一捆枯树枝回来了，很快他们就在最大的洞穴中央生起火。这是以前洞穴原始人经常干的事情，布格说。

这一带以前有洞穴原始人，沃恩说。还有史前动物。山那边的悬崖上有一根长獠牙从石壁上突出来，大概有你的腿那么长。除非你有绳索还是什么，不然根本到不了那儿。

约翰尼·罗明斯掏出一包烟草，卷了根烟。布格把烟草拿过去给自己也卷了一根，然后两个人就坐在那儿吞云吐雾好一阵子。要你说，布格问约翰·卫斯理，你更希望自己是个白人还是印第安人?

我不知道，男孩说。白人吧，我觉得。印第安人总是被白人欺负。

布格用他的小手指把烟灰抖掉。说的也是，他说。这点我倒是没想过。

我有印第安人的血统，约翰尼·罗明斯说了一句。

布格算半个黑人，沃恩说。

我才不是，布格说。

你自己还说黑人和白人都一样是好人。

我从来没这么说过。我说的是，有一些黑人和一些白人一样是好人。

你是这么说的?

没错。

我有个叔叔以前是戴白帽[1]的，约翰尼·罗明斯说。你真的应该去听听他是怎么说黑人的，他说黑人就是猴子。

约翰·卫斯理一句话没说。他还从来没有见过黑人。

你跟约翰·卫斯理说说我们去炸鸟那次，沃恩说。那是上个圣诞节的事情，他解释着说。他爸给了他一辆电动玩具火车，然后他们又把它给了他弟弟。

约翰尼·罗明斯就跟他说起来，他说得很慢，脸上时不时带着笑。他们把玩具火车上的变压器卸下来，和一个他们从采石场的工具棚里偷来的雷管连接在一起，然后把它埋进雪里。

我们有一根很长的引线，他说，我们把引线接好之后，就去了车库。沃恩在这时候补了一句，说这样还是行不通的。是的，我们在埋了雷管的地方撒了很多面包屑，除了那些乌漆麻黑的鸟你什么都看不见了。然后我就叫沃恩按下开关。

他妈的，那声爆炸真的很猛，沃恩说。我一按下开关就是一声“轰”！雪都被炸起来了，飞得到处都是，就像你在池塘里打水漂一样，那些鸟朝着四面八方乱飞，很多都是直接腾空而起。我还记得我们立刻跑出去，看见鸟的碎片在空地上掉得

[1] White-Cap，种族主义者。

到处都是，还有些挂在树上。到处是羽毛。老天啊，我这辈子没见过那么多羽毛。到隔天早上那些羽毛还在往下掉。

妈呀，布格咕哝了一句，我就爱看这样的画面。

约翰·卫斯理咳嗽了。你们没觉得这里有点呛吗？他问。他们的脑袋上面烟雾缭绕，烟正在往下飘，他们这时才发现已经看不见洞穴的墙壁了。

烟是有点多，沃恩说。他站了起来，被烟雾包围了。这简直要命了，他说，我们到外面去吧。

洞穴原始人也会这么做的，布格说。

他妈的洞穴人，我们要被烤熟了。

他们手脚并用一路爬到了洞穴口——一道浑浊不清的光亮在烟雾后面摇晃，他们从地下爬出来的时候眼睛通红，涕泗横流，外套的胸口处都沾满滑腻的红泥。等他们揉了揉眼睛，终于能看见东西的时候，才发现自己置身于宛若地狱火山爆发般的地下世界，这个采石场周围的树林都被笼罩在烟雾之中，浓烟正从脚底下的每一道石缝里奔腾而出。

埃勒先生站在柜台后面看他们走进来，这些男人衣服的后背冒着烟，他们跺了跺脚，把鞋上的雪抖掉，然后便围着火炉站着，用冻僵的手卷烟，因为煤被雪弄湿了，火炉里噼啪作响，发出嘘嘘声，女人们则受了寒冷的刺激，正思忖着要买什么东西，有那么几位把孩子拉到自己的裙摆边，又走了，带着猎枪和来复枪的男孩们会买些子弹，不是整盒买，而且一次买上四个或六个，给店里忙碌的气氛增添了一丝坚决甚至咄咄逼人的气息。

空气里飘着烟味、寒冷的气息、潮湿衣服散发出来的气味，以及正在煮的肉的香味。雪又开始下了，大家看着它落下来。老天啊，埃勒先生说了一句，不知道它要下到什么时候。

布格和约翰尼·罗明斯进来的时候拎着那只兔子，各拿了瓶汽水。

约翰尼，你们在哪儿逮到它的？埃勒先生问他。

河边。

沃恩·普利亚姆还在一个山洞里逮到了一只臭鼬，布格说。

是吗？它闻起来怎么样？

闻起来不太妙。

男人们笑了。它还挺肥的啊，其中一个说着，朝那只兔子点了点头。那些小狗狗跑起来怎么样？还行吗？

它们虽然体型小，但是猎兔的好手，约翰尼说。它们还把另外两只兔子也撵了出来，但我没打中。

它们是米格鲁猎犬，布格说。

老人沿着马路走到山口的地方，原来的绿苍蝇酒馆就在这个位置。如今已经没有酒馆的痕迹了，唯独那根长在崖壁上的松树还在那里，只剩漆黑的树干，也没有树枝。雪又开始下了，落下来时像给整个山谷盖了一层纱，也像是骑着风穿过了峡谷，轻轻地扎在他的脸上。他往下走到了十字路口，拐进山道，往回家的方向去。头顶上有根电线低垂下来，一只幼小的猫头鹰在上面摇摇晃晃，带着一股忧愁的劝诫意味，它浑身好像只剩下蓬松的褪色羽毛和脆弱的骨架，那干瘪的爪子钳着孤零零的电线。它用那漆黑而空洞的眼眸望下来，在寒风中微微晃动着。

山谷的高处有一间泉水房，他们在这里歇脚喝了点水，青绿的泉水从山岩间一股股地涌出来，水面边缘结了一层扇形的冰。

我本来想把陷阱设在这里的，沃恩说，但是来这里玩的人太多了，捕兽夹肯定会被偷走。走吧，我给你们看看我在涵洞里藏的东西。他又喝了一大口冰凉的泉水，拿起步枪和捕兽夹，把那只臭鼬给了年纪最小的那个男孩。到外面闻起来就不那么臭了，他说。但我妈闻到我身上的味道一定会尖叫。

他们回到马路上，走到河的另一侧。沃恩单膝跪下，然后趴在地上望进马路下面的涵洞里，那里面有泉水的细流流淌而过。

这里面从来不冰冻，他说。我以前在这里抓到过一只麝鼠，但我想抓的是貂。知道吗？是貂啊。我把捕兽夹放在里面，根本没有人会注意到它。

男孩望向漆黑的管道内部，水缓缓流向那起伏不平的金属材料，当它们流过捕兽夹的时候，会反射出微光。

秋天的时候，我在这里发现了水貂的踪迹，最近也看见了，沃恩说。在斯托克溪也有水貂。以前在红枝也有一些，但现在没了，所以我在那里就再也没逮到过了。你准备好了吗？

知道吗，这里一辆车都没有，沃恩说。只有那么几个人住在河谷这附近，而且他们大部分人都没有车。你看见那边那栋房子了吗？

他朝沃恩指的方向看过去。马路后面的地方有一栋低矮的房子，马鞍形状的屋顶上，一缕轻烟从烟囱里飘出来，盘旋而起。

加兰·霍比住在那里，沃恩对他说。你要是靠近那里，他会把你的屁股打开花。

为什么啊?

因为他在酿威士忌，沃恩说。他和他老婆。过来，我给你看点东西。

从马路的一边拐过去，有一栋老旧的教堂，是用木头建起来的，沃恩指着它。你看见那座教堂了吗?跟你说吧，那是个黑人教堂。以前河谷里住了一堆黑人，是他们建了这个教堂，每到夜里就到这里来又唱又叫，直到后来老霍比——他现在已经死了，直到老霍比让他们滚蛋。他在我们出生前就已经死了，到现在都没有一个黑人敢搬回来，你就知道黑人们有多怕他了吧。大家都说埃夫比他老爹更顽固。他几年前死在了杂货铺里。那时候他从毛刷山监狱被放出来才没多久。然后这个加兰，还要比他爹更固执。那次，警察对他家突击搜查，结果是把他老妈送进了牢里。他的亲妈。你就知道他有多坏了。再然后是亚瑟大叔住在这里——他朝着眼前的某个地方抬了抬下巴——他可真的是个老好人。

他是你的叔叔吗?

不是。他和我祖父普利亚姆在 KS&E 公司一起工作过，铺铁路上的枕木。所以我祖父老是喊他大叔。他很老了，他还有条狗，年龄估计比我们两个的岁数加起来还要大。

那真的是很老了，男孩说。他几岁了啊，这个大叔……

你说亚瑟大叔吗？肯定有九十岁了，甚至不止。他比我祖父普利亚姆岁数要大，甚至比普利亚姆参加过南北战争的爸爸的年纪还要大。他在诺克斯县占了很多土地，但是战争一结束那些地就都被收回去了，因为打仗的时候他是南方邦联的人。普利亚姆祖父说过，除了黑人和北方人，他们不让其他人投票。

为什么？

我想可能是因为这里以前算是北方吧。

傍晚的时候，老人正在清扫门廊上的积雪，便看见他们沿马路走上来，两个黑色的小身影出现在还没有人踩过的雪地上，走得很吃力。其中一个拎着一只死掉的臭鼬。他们并排着从他的信箱前走过去，高个子的那个举起手打招呼。你好啊，亚瑟大叔，他喊道。

老人眯起他的蓝眼睛，才能在强烈的白光里看得清楚。是海勒姆·普利亚姆的孙子啊。他笑了，招了招手让他们过来，两个男孩曲着腿，找着在雪地里保持平衡的姿势，艰难地往斜坡上走，小普利亚姆撑在他的步枪上，另一个男孩脚下一滑，手里的臭鼬在空中挥舞着。

他们围坐在火炉旁，鞋子脱掉了，袜子正冒着热气。老人皱了皱鼻子，笑起来。

我觉得你是跟这只臭鼬亲手打了一架啊，他说。

你能闻到臭味吗？沃恩说，我自己闻不到。

他不得不爬进洞里把它抓出来，约翰·卫斯理说。

我爬过头了，沃恩说。我以为它在洞里深处，然后我忽然看到那根绳子被扯进了旁边的一个小洞里，不过那时候我已经爬过去了。我就停在那个位置，根本转不了身，不过我还是爬到小洞口，把手里的棍子捅进洞里，马上就看到它的眼睛了。我把枪调整好，尽量瞄准它，开枪的时候，我的耳膜都要被震破了。

我们听见他开枪了，约翰·卫斯理说，听起来像是玩具枪的枪声，就像是从其他地方传来的。

我开枪的时候它挣脱了。而且洞里面变得非常热，我就赶紧倒着屁股退出来，然后我们等了一会儿，我就又爬进去抓住那根绳子，把它从里面拉出来，然后才看见我已经打中它两只眼睛中间的地方了。

老人笑了。这让我想起自己以前有一次去猎浣熊的事情，他说。一起去的有个人打中了树上的一头浣熊，结果浣熊挂在树枝上。我举着手电筒，他爬上去。结果他爬到树枝上的时候那头浣熊居然又活了过来，要扑到他身上。我这个伙伴立刻反应过来，知道最好不要惹它，但他没有原路滑下来，而是爬到另一根树枝上坐着。结果他一要从树上下来，那头浣熊就一副要攻击他的样子。他最后简直要疯了，决定无论如何都要下来。他开始往树下爬，准备把浣熊从树枝上踹下去，那家伙正朝着树下的我们龇牙咧嘴。我们把灯照在它身上，这下看得比较清楚了。他朝浣熊踢了两三次，结果这时候那头老浣熊咬住了他的脚。我可从来没听过有人叫得那么惨。他要把咬在脚趾上的浣熊甩掉，他太投入了，手里抓着的树枝就没拉得很紧。大概过了两三分钟，我们中有个人喊：快看！他们从树上滚下来了！他像个麻袋一样摔到地上，然后就躺在那儿不动了，猎犬们扑向那头浣熊，全踩在这个伙伴的脸上，它们打斗了半天，一直到我们把它们踹开。我们觉得他死了，结果他开始有轻微的呼吸了，还眨了眨眼睛，随后我们发现他没有受伤，只不过是撞晕了，而且吓了个半死。我们放声大笑，他就躺在地上诅咒我们，但他是个老好人，我知道他从来不记仇。还记得后来，过了好多年了，他还经常自己说起这个故事，然后跟大家一起哈哈大笑。

老人叹了口气。以前这附近可是猎浣熊的好地方啊，他说。

还有美洲豹是吗？沃恩问，以前这里是不是有头经常吼叫的美洲豹？

老人靠回自己的摇椅里，沟壑纵横的松弛脸庞上露出一个智者的笑容。是的，他说，我还记得很清楚。说起来大概有十年了。此后是一阵短暂的沉默，老人沉思着，脸上浮现出品尝陈年佳酿之后的愉悦表情。然后他跷起腿往前倾。是的，他又说了一遍，我听到过。不止一次。整个夏天，它把大家搅得人心惶惶。就是这样的，我们如坠五里雾中。

那声音听起来怎么样？男孩问道。

噢，非常凶猛……

好吧，你觉得那是美洲豹吗？

我觉得不是，老人说。

过了几分钟沃恩说，那是什么？

老人开始轻轻地摇晃起来，脸上浮起和蔼的神情，仍然带着一丝睿智，仿佛一个老术士正在品味最爱的真理……摇椅停了下来，他低头看他们。好，我告诉你们。那是只猫头鹰。

他瞧着他们窘迫的脸庞，那上面还有毫不掩饰的怀疑。没错，他说，是猫头鹰。一种体型很大的猫头鹰，夏天的夜晚会在这座山的高处发出叫声，听起来就像是美洲豹。有的人说是美洲豹，有的人说不是。但我一直知道那是什么。我让他们一直猜着想着……我想起来了，有个晚上，我去杂货店，要买点东西，那是夏天要结束的时候，天已经黑了，大概是晚上八点来钟，就是那个时候它又开始叫唤了。啊，不过我什么都没说。过了一会儿，那声音又传来了。孩子啊，你们想象一下，杂货店里鸦雀无声，你都能听见蚂蚁在糖果罐上面爬来爬去的声音。我还是什么都没说。后来鲍勃·柯比——他也在那儿——他喊了我一声，对我说，嘿！亚瑟大叔，你今晚还要翻过山回家吗？

我吗，我转过头看着他，露出看起来很惊讶的样子，跟他说，当然啦，怎么了吗？我得回家去啊，那可是最方便的一条路了。你为什么这么问我？

他就那么盯着我看了几分钟，然后笑了，他说，你没听见那头大猫在叫吗？

怎么了吗，我说，我当然听见了啊。要我说，只要不是聋子都听见了吧。

是啊，他觉得自己已经抓住了什么，然后他说，你不怕美洲豹吗，亚瑟大叔？

我当然怕啊，我说。谁不怕啊，傻子都怕，那至少也是只成年的大美洲豹。

然后我就没有再说什么了，走到汽水柜子前拿了瓶汽水喝起来，然后时不时看一下手表。我能看出来他很不解，他两三次试着跟其他人露出笑容来，但在场的其他人都没有笑，我想他们比他还搞不明白。所以他也没有再说话了，不过，一会儿之后，在场的有个男孩也掺和进来，他问我说，这个在山上叫的东西是不是一只成年大猫？巧的是，这个时候那吼叫声又出现了，我就看着他说，以基督的名义啊，孩子，我在想，如果你听见一只真正凶猛的美洲豹吼叫，不知道会有什么反应。你现在听见的不算什么。不过说起来，这里的美洲豹已经不像以前那么多了。往前个五六十年，夏日的夜晚，它们会整夜在山林间吼叫、游荡，到最后你就算已经听不见那个声音了，也无法睡着。不过，这需要一头领头的雄性美洲豹才能搞出这么大的阵势。所以你现在听见的叫声，已经没什么大不了的。这就是我跟他说，这时候那东西又叫了，那声音听起来离我们不到一百米了，我都能看见他脖子上的汗毛站了起来，鲍勃·柯比也是。

我喝完汽水，把瓶子放下，然后假装要走了。这时候柯比——他脸上还是那个笑容，他说，我说啊，亚瑟大叔，你可以靠声音就分辨出两只不同的美洲豹吗？

我说，我现在没有以前那么能区分了。他听到这话，咧嘴露出一个大大的笑容。

但是，我又说，自从某个晚上我和它打过照面之后，就再没有这个问题了。

好吧，刚说完这句话，他们就全都跳起来问我各种问题，比如它有多大之类的。我差不多都要走到门外了，但我觉得应该给他们一点在他们回家路上能思考的东西，于是我转过身对他们说，为什么它不能不是只大猫？那天我刚走到山口的时候，天还没有完全黑透，就看见它从路上窜过去。说这话的时候，老史库正躺在门前的水泥地上睡觉。史库的体型有点变小了，不久前它还到我膝盖那么高呢——那个高度你们刚好能跨过去，体重一百磅多一些。我看了看四周，就看见它躺在那儿，于是我就指着它，我说，它个头都没比史库的大，然后我跟他们说了再见，就走了。

阳光透过老人摇椅后面的窗玻璃照进来，他的脑袋在背光之中，花白的头发染上一圈宛如先知般的半透明光晕。片刻之后，他起身，走到桌子旁点上灯。

孩子们你们要不要……稍等我一下。他说完这话，拖着颤巍巍的步子走去厨房，在里面待了一会儿，其间不断传来橱柜和餐具的声响。他回来的时候手里端着两只玻璃杯，一只酒杯，还有一只装了深红色液体的瓶子。来，他说着递给他们玻璃杯。他把瓶盖拧下来，给他们倒上了。那饮料看起来黏稠肮脏，透着一种碘酒的色泽。圆叶葡萄酒，他说。我打赌你们绝对没喝过。

饮料在微弱的灯光下正冒着暗色而不祥的气泡。他坐回摇椅里，给自己的杯子也倒满了这酒，一边看着他们喝。

非常好喝，沃恩说。

是的，男孩说。

他们啜饮着杯子里的酒，仿佛领了圣餐一般严肃，也像聚在被火光照亮的山洞里聚会的类人猿。油灯的火焰在微风中摇曳，他们的影子，宛若黑熊般硕大的身影，投在墙上，也和谐地摇晃着。

亚瑟大叔，男孩说，以前真的有美洲豹吗？

沃恩把自己那张在灯火下黑红交映有如小丑面具般的脸转向了老人。跟他说说吧，亚瑟大叔，他说。说说你以前的那头美洲豹。

亚瑟大叔开始讲起来了。是啊，他说着抬起自己的下巴，仿佛要消除别人的怀疑。是啊，以前这里是有美洲豹的，很久很久以前。那时候我还是个毛头小子，那时候我的活儿是修铁路，然后我抓到了一头。

抓到了一头？

没错。他露出一个神秘莫测的笑容。没错，确实如此。我徒手制服了它，现在还有伤疤可以作证。说到这里，他伸出手，让他们看自己那只皮革般坚韧的拇指。男孩从椅子上往前倾，弯着身子仔细地看起来。

这儿，老人说道，给他们指了指手掌心和拇指间的一块地方。看见了吗？

嗯，他说。老人的皮肤就像一只破旧的钱包那样皱巴巴的，在这纵横交错无数线条构成的迷宫里，肯定有一条是疤痕。他坐了回去，老人声音嘶哑地笑起来。

就是这样，他说，那是头狂暴的野兽。体重肯定超过五磅。

沃恩轻声地笑了。男孩抬起头。老人一直坐在摇椅里，脸上是骄傲又顽皮的表情，眼睛里闪着火光。

好吧，他说，这就是发生的事情。有个地方我们叫它鹅口——这个隘口通往威尔斯山谷。我们就是在那儿炸山的。比尔·芒罗，他现在已经死了，山刚刚炸完他就跑上去了，比那些掉下来的石头还快，然后他开始大喊大叫让我快过去看看。到处都是烟和尘土，我看不大清楚，但再爬上去一些，我立刻就看见他手里拎着什么东西。看起来是土拨鼠，或者是一条体型比较小的狗。一走到他旁边，我就认出那是什么了。在那之前我没有亲眼见过，它被炸得伤痕累累，但我还是认出来了。比尔搞不清楚那是什么东西。那是一只美洲豹幼崽。

我们爬上碎石堆然后从另一边下去。它没有被炸得血肉模糊，比尔觉得它应该没有被爆炸抛出多远，所以我们走的方向没错。不管怎么说，后面证明他是对的，因为没过一会儿，我们就找到它们的洞穴。整个巢穴的前部已经被炸没了，一头一米半长左右的美洲豹尸体躺在边上，在后面远一些的地方，我们又发现了一头，第三头了，它还活着，正哀嚎着，那声音完全和家猫一样。

老比尔后退了几步，说美洲豹妈妈可能就在附近。不过，我比他年轻些，倒是没有这个感觉，所以我就上前去，抓在那小东西的后颈上，把它拎了起来。结果刚拎起来它就朝我的拇指来了一口，我立刻把它丢开了，我可没骗你。我想了一会儿，脱下衬衫把它包起来，然后把它带回家里了。

老人停了片刻，从一个巨大的纸烟袋里拿了块嚼烟。那时候我住在离赛维尔维尔五英里的地方，他继续说。我从——男孩们，你们不来点嚼烟吗？不要啊——我从一个叫德洛奇的人那里买了块地——二十亩，大部分是坡地，上面没有什么建筑，只有个老旧的棚屋……后来我结婚了，那是我的第一栋房子，所以我不得不说还是很自豪的。我养了些猪和鸡，后来还有头奶牛和一头上了年纪的骡子，还种了些玉米……我从一开始就不是一无所有，到现在也是一样，不过我得说那是个开端。那时候我比你们现在大不了多少，十九岁吧，我应该没记错。不过我想说的还是那头美洲豹。我把它带回家，然后把它给了埃伦。她立刻就喜欢上它了，给它找了个箱子，喂它牛奶，或者诸如此类的东西。然后这头小美洲豹老爱跟着她在房子里到处走，就像其他黏人的猫咪一样。而且那时候它确实和猫咪差不多大小……我记得它身上有许多斑点，看起来有点像山猫。有个报社的老兄还跑来找我们，写了篇关于我们的文章；附近很多人都跑来说要看看它。

我记得它到我们家大概两个礼拜的时候，有天晚上我听见有头猪在尖叫。我拿了灯就出去了，但没有发现什么奇怪的事情，于是就回到屋里，也没有多想。可是，隔天早上有头猪不见了。我从来没听过有偷猪贼，但我想没准和偷其他东西的一样，真有这样的小偷，而且那时候的赛维尔县就是个荆棘丛生的偏僻地方。我根本做不了什么事情，也不知道从哪里找起。然而两天之后的晚上，又有一头猪不见了。好的，我说，它们变得更厉害了。第二头消失的猪根本连叫都没叫。

隔天晚上我带着枪爬到房子的屋顶上——那是把老旧的单管火枪，那时候我根本没钱买子弹，于是就拿火柴头和棉花籽的壳自己做——有人偷了我的猪。我在屋顶上躺了趴了一整晚，从我待的地方到猪圈的距离都没有到门廊的距离远，我什么都没看见，也什么都没听见。一直到天亮的时候，我都没去看那些猪一眼。然后埃伦出去喂猪了，再进来的时候她说，亚瑟，又有一头猪不见了。

我正迷迷糊糊地坐在一张扶手椅上，然后我立刻出去了。我不记得那时候我们养了几头猪了，大概是七八头吧，我飞跑过去把它们数了一遍，确实是少了一头。我一开始非常气愤，但那时候我开始害怕了。

说到这里，老人像忽然注意到自己手里拿的酒杯，盯着它看了片刻，脸上带着一丝惊讶。他举起酒杯喝了一口，合上眼睛停歇了一会儿。

他们坐在四轮骡车上靠近那栋房子，骡车和房子都是他叔叔的，他自己的东西两只手就能提过来，而她的所有东西都在座位后面那个旧皮箱里。

就是她？他问道。

是。

他绕着骡车缓步走了一圈，端详着她，像是要买马的人。然后他说，好吧，下来吧。

他从骡车上下来，她却仍然坐着。

她是怎么回事？打算自己把骡子赶回马厩吗？

不是的，他说。埃伦，快下来。

他牵住她的手，她下来了。

你跟惠特尼叔叔先走，他说。我来搬东西。

海伦啊，他说。

我的名字是埃伦，她说。她身后的骡车远去了。

埃伦。

我爸说要杀了他，她说。

没有谁要杀了谁，他说。到这边来，当心脚下的污泥。

她又说了几句话。他看着他们走进房子里了。

后来发生了什么，亚瑟大叔？沃恩说。

嗯？啊，对，我记的应该没错，那时候已经丢了三头猪了。

接下来又丢了三头，然后我觉得抓到这个贼之前还得损失两头。我心里想，这个贼偷我已经偷上瘾了，他估计想要偷光我所有的猪。我快要疯了，心里也害怕。埃伦说我最好睡在屋顶上，但我知道该怎么做了。

那时候夏天快要过去了。我还在当养路工人，一天得干十二到十四小时的活，得到三更半夜才到家，那天晚上回来的时候我带了一群猪仔。接下来的一个礼拜，甚至更长一段时间，猪都没有再丢了。然后某天夜里，埃伦要到门外倒一盆水，我听到她在尖叫。我跑出去，她朝我狂奔过来，像是见了鬼，我就问她看见什么了，她却站在原地发抖，像是要冷死了一样。我把她领回屋里，自己又出去在周围看了看，但没发现什么，然后就把盆子捡起来，回房子里了。那个东西把她吓得不轻，但她什么都没说出来。过了好一会儿，她还一直重复着我不知道，不然就是一直说我没看清楚。

老人又停歇了片刻，胸口随着呼吸起伏，喉咙机械般地吞咽着，他往上凝视着——灯火投出的图案落在天花板上，裂开的灯罩宛如重叠的鸡蛋，就像最初的火光完成了单性生殖。

他坚持了一个礼拜，每天都到夜里才回到空荡荡的漆黑房子里。之后他就没有再去上工了，那天早上他把一些她留下的东西拿了出来——一套家居服，一些细微的小东西，他把它们摆在床上。他坐在床边，盯着它们看了很久很久。等到他站起身的时候，已经天黑了。

他又那样过了五天，终日在房子里游荡，或者坐着一动不动，躺在椅子里睡觉，吃掉能找到的所有东西，直到没东西可吃就再没有吃东西了。母鸡变瘦了，家畜渴得嚎叫不止，最后一头小猪也咽了气。一股骇人的臭味掩盖了一切，一股邪恶的腐臭气息飘浮在空气里，充盈整个房子。

到了第六天，他走出家门，去牲口棚后面，用斧子从墙上卸了块木板下来，把它劈成两块。在其中一块上，他拿刀尖小心翼翼地刻了她的名字。然后把另一块的一头削尖，再把两块钉在一起，做成了十字架。他拿着它，还有埃伦的衣服去了后面那块地的角落，他已经在那儿挖了个坑，他拿过边上的铁锹把衣服埋起来，用铁锹的柄把十字架钉进土里。然后他径直穿过屋子，从前门出去了，穿过庭院，走上马路，朝着赛维尔维尔的方向去。走了大概有半英里，他才发现自己的手里还拿着那把铁锹，随后他把它丢进了路边的草丛里。

我知道你还没办法，他说。

我没办法回去。

我明天会去。听我说，你先去洗个澡，然后吃点东西。

什么？

你去休息一会儿，睡个觉。我明天会去。

好，你去吧。我去不了。

无论如何我都得去。R. L. 昨天早上来问我说你还去不去。你能去吗？

我不知道。不……我不去了。

你要把你的地卖掉吗？

我不……我无所谓。

好吧。我有所谓。

他这才第一次看他，那张衰老的脸，像一颗胡桃又黑又硬。为什么？他问道。

因为你还欠我两百美元，这是主要的理由。

噢。他想了一会儿，然后开口说，是吧。这样吧，我去洗个澡。

老人在摇椅上轻轻地晃着，用双手把自己的杯子捧在跟前，像捧着圣体盒。过了一分钟，沃恩说，你最后搞明白那是什么了吗？

老人转过头去，朝一个咖啡罐里吐了口痰。

这传教士真的该死，是吧？

你闭嘴。

唉，没有人是永生的。

我叫你闭嘴!

对啊,他说。是那头母美洲豹,它来找那头幼崽了。孩子们,你们还要再来点酒吗?

他们的杯子里还剩了一些。老人从摇椅里艰难地起身，去餐桌旁拿过放在那里的玻璃瓶，给自己又倒满了。是的，他说，她看见的应该就是那头母豹子。

你打中它了吗？男孩问。

没有。我甚至都没有看到过它。我又丢了一头猪之后就放弃了。我把那头小豹放走了，从那之后我再没有见过它，不过再也没有丢过猪。明白了吗，他缓缓说道，声音低沉，以前有美洲豹，很多美洲豹。有一些就那样了，有一些却不同寻常。这头母豹，它从来没有留下过痕迹。它不是一头寻常的美洲豹。

隔天早上一大早，老人就沿着两个男孩留下的脚印上山了。有些地方积雪很厚，很难走。他频繁地停下来，拄着自己的猎枪喘气，枪托戳破了雪面上的薄冰，一直陷到扳机的位置。走到大路上时，他已经喘得不行，双腿发酸。从那个地方能望见山谷，光秃秃的树阴郁地站在白色苍茫之中，宛如站在一片蔓延开来的牛奶里，阳光所及之处，晶莹闪烁仿佛破碎的冰，远处的屋顶上覆盖着积雪，有苍白的轻烟在无风的空气中升腾而起。

他闻到一股烧焦味，但他并不在意，直到他忽然察觉一股辛辣的刺激气味飘来，才恍然明白是雪松起火了——不是柴木，而是整根松木——那气味消散在寒冷的空气中，从他的鼻孔中逃窜，弱得几乎不可闻了。

他转身沿着大路走，踏着稳健的步伐，一直走到通往坑井的那条岔道处。雪花沾在他的裤腿上，像大理石的粉末。眼下他可以看见从树林里飘起来的微弱的烟了。脚印在这里转了个弯，分成两条有如醉汉的足迹，弯弯曲曲地延伸到树林里去了。他循着脚印，走得很急，积雪下坑坑洼洼的车辙让他踉踉跄跄，他在一种毁灭的预感中走到了那块空地。

看见烟从坑井里升起来的时候，他在原地呆立了片刻，察觉自己身上的血液裹挟着一股古老的躁动猛地涌上来，带着一丝绝望，仿佛传来一阵为无法挽回之事而响起的鼓点。一切都结束了，从那灰烬之中升起的灵魂是何模样，永远也无法得知了，已然超脱他的双手。他跪在雪地上，看着。他的脸上有一丝欢愉，一丝痛苦——那是某种最初的事物，又有所隐藏。他黯淡的眼珠冷酷地烧着，凹陷的眼眶里仿佛有将要燃烧殆尽的气。

他站起来，拖着步子回到大路上。坑井里尚有琥珀色的煤块发出红光，在雪松焦黑的尸骨之下化为粉末。

* * *

因为那辆车是停在路上的，我从河里看不见它。我下河的时候他还不在桥上，不过当我从河水里蹚到对岸的时候，他已经站在那里，往下看着我，我也看见他了，然后他说，过来。

所以是他把你的捕兽夹都拿走了。

只剩了一个，男孩说。他肯定下水找了，因为我根本没跟他说过这些捕兽夹。他拿走了三个，我一共也就四个。

婊子养的，希尔德说。你跟他说什么了吗？

什么都没跟他说过。他说要把我送进牢里，因为我没有执照就捕猎，违法犯罪。我就说我知道自己没有犯罪。

那里格沃特怎么说？

他没说什么。就一直笑着脸，像只负鼠。对了，他说我最好对他们说实话。还说了一样的话——我违法犯罪了——要把我送进去。然后吉福说里格沃特说得对，还说我可能要被关个三五年，不过要是我帮他们的忙，说说我是谁的帮凶，我就可以不用被判刑。

他们没有把你带去派出所？

没有。他们在三岔路口的杂货店前让我下车了。他说一有其他的证据就要来抓我，让我最好老实待着别想逃跑。

他靠回椅子里，讲完了，等着，想知道该怎么办，不过已经不那么害怕了。

希尔德朝他倾着身子。听着，他说，你要搞清楚，他们讲的都是屁话，知道吗？什么蠢货会把一个十四岁的男孩抓进牢里？就算是逃犯的帮凶又怎样，何况只是没有执照捕猎！他就是想吓唬你。我很了解他。他在这个世界上是找不到你帮我的证据的，他们要想抓到我估计得忙个半死，不过，到那时候他们也不需要什么证人了，也不需要你了，但是，如果他们真的抓了我，我发誓我就当作这辈子从来没有见过你，你自己该干什么干什么，他们也不会来烦你了。这全都是狗屁，他们就是要吓唬你，让你帮他们找到他们没看见的东西。要是他们再来找你，你就什么都别说，直接跟他们讲，你要去告他们非法拘留。我觉得他们就不会再来找你麻烦了。

他说无论如何他都会抓到你的。

他没办法从粪坑里找出牛粪的。而且这也不是他该干的活；他从来没碰过酒类走私的事情。总而言之，你不要理他。我会让他自食其果。他知道你没有父亲，没人能马上跳出来保护你，所以他就觉得可以利用你。他就是个婊子养的混蛋东西。不说了，我们去看看你的小狗，它现在胖得跟个球似的。过来吧，我把它们都抓到后边的走廊里了，这几天太冷了。

马路在下午的时候已经清理干净了，他开车从果园里出来的时候，觉得不需要绑防滑链。天黑了，那时六点刚过，车尾变得很重，减震器虽然已经是紧绷状态，但车子还是不停地摇晃。天气太冷了，车里的热气仍然没有让他冰冻的脚趾回暖。他正在想，为什么左脚靴子里突然会察觉到大拇指，忽然就回想起汽艇探照灯的光束在桥墩上扫来扫去，炫闪灯冷漠而耀眼的灯光落在他身上，他正站在红树林树蓬之下的一块甲板上，一只脚踩在楔子上，手里拿着锚绳。当灯光照到他身上的时候，他朝船舱里喊了一声，旋即动手要把锚绳拉上来。启动器发出呼呼声，发动机在水里刺耳地鸣叫起来，船身摇晃着，已经动起来了。他把锚收上来，看着汽艇探照灯的光束。虽然他们自己的发动机已经轰轰作响，他还是听见那辆汽艇正全速转动的格雷双马达声，它在掉头，然后是说话声、命令声，那些声音逃散在海湾阴冷的潮湿雾气之中。汽艇的光束一直追随着他们，当他们从死水湾里开出去的时候，灯光已经罩住他们了。他在原地转了几圈，看见那汽艇船首两侧的泡沫在它加速之时四下飞溅，它在黑暗中乘风破浪，探照灯光束上下剧烈地摇晃着。他听见枪声了，异常清晰，但没有在他和他们之间连成线。他并没有意识到自己会被打中，但真正的射击随即开始了，他看见那些枪口接连闪过转瞬而逝的火光，颜色如燃烧的烟头，接着便听见一连串的子弹射入水中的嗖嗖声。他连忙要跳进船舱里。这个时候他听见木头碎裂的声响，什么东西扯住了他的脚，把他甩到了甲板上。他爬着往前，从楼梯处滑进了船舱里。

吉姆，他叫了一声，嗓门压得很低，仿佛害怕别人听见他们的声音。嘿，吉姆。

舱室里漆黑一团，汽艇的探照灯灯光从舷窗时不时照进来，在光亮中，舷窗的影子来回打在对面的舱墙上。

嘿，孩子，你说什么?

希门尼斯正站在过道上。船舵暂时无人看守，船在全力减速中倾斜了，龙骨下面传来水花拍打的声音。

我被打中了，他说。

希门尼斯手里拿着手电筒。他把自己的脚抬起来，鞋已经被撕烂了，袜子上沾满鲜血，他仔细地查看着自己已经稀烂的脚拇指。

还有什么地方被打到吗，马里昂?

我觉得应该只有这里，他说。

吉姆满是同情地拍了拍他的肩膀。走起来可能够呛，他说。

他们走到前面去，他从衣服上撕下一条布，包扎了自己的大拇指，痛苦地坐在那儿，借着仪表板的光线，看着希门尼斯那张苍白沉重的脸。

他慢慢地开着，车子驶过山口的时候，月亮低挂在松树的枝丫上，给电线下那些光秃秃的长树枝镶上一层白，霜雾正从山谷里升起来，在车灯照耀下闪烁着。已经到了黎明时分，仅有的几辆车沿着马路停成一排，一派嘉年华的气氛，热浪在他们头上翻滚，男人们站成一条线，把最后的一瓶瓶酒传递出来，他们眼下的谈话声变得低沉，脸庞通红而雀跃。一些后面赶来的人口口声声说从维斯塔尔就能看见这边的火光。有人说，你错过了一些东西，马里昂。

很精彩吗?

你从未见过那么美的大火。

没什么意思。来一杯威士忌，快点喝掉，吉福就要来了。吉福拿了根长棍子，往冒着烟的洞里捅，戳进了融化的玻璃里，噗噗地发出声响。都是玻璃融化之后像沥青一样的东西。我真没见过这么恶心的东西。他脚上一只鞋的鞋尖突然鼓起了泡，瞬间变得焦黑，下一秒他立刻就单脚跳开了，扯开鞋带。他妈的。啊。他靠在一棵树上，把脱了鞋的脚捧在手里，像只受伤的鸟。他的眼神凌厉，居然露出一丝笑意。

两天之后，被烧得漆黑的松树树干还在冒烟，树皮脱落之处，树脂被烧得起泡，还有微小的青蓝色火苗冒出来，空气里没有一丝风，冒出的烟旋转着，笔直地升上天空，仿佛是松树的延伸。

驶过山口下方的拐弯处时，后轮忽然轻微地跑偏了，他反应过来是路面上结了一层薄冰。他在方向盘后面挺直了身子，然后擦了擦后视镜。从蒂普顿家门前开过时，穿过树林落在路上的灯光温馨美好。这些结了婚的男人啊，希尔德窃笑，伸手去摸自己的香烟。他是个非常好的孩子……雨水始终砸在教堂的锡皮屋顶上，光从高处的窗户斜斜地透下来，变成了一根根扶壁柱。门嘎吱响过之后，除了呼吸着的巨大寂静，再无他物，一股发霉的气息，被长久而安静遗弃的，椅子、长凳、传道者的讲台，一切安详而井然有序，覆盖着尘埃，对这迟来的到访有一丝的惊讶。他们的步伐落在已经翘起的木地板上，惊动了房梁上的猫头鹰，它无声地展开翅膀从他们上空划过，一道阴影飞上塔楼之中，仿佛被无声扬入烟囱之中的灰烬。她抓着他的胳膊，一起走到送葬者的座席。主啊，主啊。一只夜鸟看着这一切。

在通往河边的那个山丘顶上，他看见前面有一辆载着一匹马的皮卡，一张温和的长脸从铁皮的后挡板上面探出来，凝视着他，那双浑圆明亮的眼睛就像车灯照耀下的玻璃瓶底。皮卡像甲壳虫一样奋力地爬上坡，发动机传出一阵低沉的哀鸣声。他看着那辆皮卡身后的路上雪花飞起，如飞蛇般落下，白色的雪末像是玻璃上的烟，他将油门踩到底，超过了他们。那匹马疯狂地转动着眼睛，把身子探到了驾驶室上面，里面的司机点着雪茄，吸了一口，低下头看了他一眼。

让送酒的过一下！希尔德喊道，这可是新年要喝的威士忌。陈年佳酿！绝对能让你喝个痛快。你觉得怎么样啊，老先生？

老人吸了一口雪茄，放慢车速落到后面去了，他把车灯调成近光灯，看起来像是暗淡的橘色圆球。

他径直开到了盖伊街，在一个红灯处乖乖停车等待，带着一副傲慢神情，呆呆地盯着那些交通指挥员。

你们好呀，警官，要喝一杯吗？

到镇子西边，他把车子驶进一条小路，来到一栋又破又旧的木头房子前，绕着它开了一圈。他把车子倒进车库里，然后下车，伸了个懒腰。厨房的一扇小窗亮着，两个人开门从房子里走出来。还有另一个人也走到门边，靠在门框上，衬衣的下摆已经从裤子里跑出来，嘴里叼了根烟，要出来透个气。他身后传来一个女人又尖又细的声音：把门给我关上，混账！你他妈是在马厩里长大的吗？但他一动不动。

嗨，希尔德，第一个男人说道，从他跟前经过，径直走去车库，甚至都没看他一眼。

嗨，希尔德说。

另一个男人站住了。新车怎么样？他问了一句。

还不错。

沃德说是从科斯比那里搞来的。

应该是。

沃德说它跑得飞快。还说新港的公路已经不让开这款车了，因为他们都抓不住它。

干活吧，蒂尼。另外那个男人在车库边说道。

希尔德走到车尾打开后备箱。他们开始卸货，把箱子都搬到车库里去，车子发出咯吱响声，车身一点一点地浮起来，等他们全部搬完的时候，车尾高高跷起，像只发情的猫。

希尔德从车座前的手套箱里拿出一把手电筒和一只扳手，在两个后车轮边都待了一会儿，把车尾降了下去。然后他把防滑链拧开，上车，往前挪了挪，让轮子动了动，再下车把链子抓起来收进后备箱。发动机一直开着，当他坐回驾驶座的时候，蒂尼走过来俯身靠在车门上。

这声音听起来可不太美丽，他说。

希尔德抬头看他。这也是沃德说的？

蒂尼笑了。不是，他说。我记得应该是麦克拉里说的。就在沃德付钱要买这辆车的时候。

你跟沃德说，好车配好价。就算是在政府拍卖的时候买的也一样。而且，哪怕是你已经付过一次钱了，也还是一样。

他踩下油门，发动机发出轰鸣，蒂尼站起身。回头见，他说。

希尔德把车窗摇起来。下次见，他说着打开车头灯，沿着小路开出去了。

回程的时候他把车子开得很慢，一路往山上走，从岔路口和杂货店门口经过时，看见门廊上的柱子白花花的，仿佛这些未经雕饰的木头柱子都上了一层石膏。门上的巨大狮头雕塑显露出凶狠的神色，鼻孔里垂挂着色泽鲜亮的黄铜门环，铁条后面的玻璃沐浴在灯光之中，在灯影下仿佛飞落的瀑布，一条条的光亮流泻出来，涌入一如既往的坚实黑暗中。他经过了自己家门口，那栋房子除了门廊上的灯光，一切都隐没在漆黑中，随后他就翻过了山脉，一直缓缓行驶着，车轮下道路平坦，他毫不费力地挂低了车挡。

马路另一边的路面上结了冰，他自娱自乐地让车子在山道拐弯处一次次漂移，就像帆船在海上变换航道。到了山脚下，他从亨德森谷路开出来，取道右侧的湾山路，开上了沙石路，时速降到了十或十五英里，最后把车头灯也关掉了。他就这样开了大概有半英里，车子宛如幽灵般在路上晃荡着，化成一团黑，在雪地里寂静无声。随后车子在一条小道上掉头，他把车头朝着马路停好，便下车了。

他沿着那条路继续往前走，来到另一条小道，他在那里拐了个弯，走进雪地里，来到一栋房子跟前，那房子孤零零地蜷缩在灌木丛里的一块空地上，它的四周和上方都是光秃秃的树枝，仿佛纠缠在一起的铁架。

他绕着房子走了两圈。没有狗叫。第二次从屋后走过的时候，他试着推了推窗户，把它推开了，窗户从窗框的凹槽上滑开，他跨过窗户进到屋里。他发现自己在通往厨房的过道上，眼前有两扇门，开着的那扇门里是个大房间，另一扇则关着。

哈喽，杰夫，他喊了一声，仿佛耳语般，声音带着一丝嘲讽，低沉得几乎不可闻。你在睡觉吗？[1] 他轻手轻脚地往前挪了几步，来到紧闭的房门前，握住了门把。噢，杰夫，他又一次低语。你没养条狗真是太糟糕了。他拧动门把手，把门推开了。

这个房间只有一扇窗，在墙壁的高处，那是黑暗中切出来的一块灰色。除此之外他什么也看不见。他在门边站了几分钟，听着睡梦中的男人响亮的打呼声。过了片刻，他能辨认出床的形状了，那床就在他跟前。

房间里挺暖和，他感觉自己的腋窝里正在冒汗，但那男人却裹在厚厚的毯子里。他手底下的毯子是最厚的……他看清了胳膊、肩膀、胸膛的形状……他正仰着呼呼大睡。吉福抽了口气。他睁开一只紧闭的眼睛，如本能反应般，毯子从他的下巴处滑落了。

他微微抬起头，有些惊讶，睡意如缓慢的浪花缓缓退去了，

[1] 原文为西班牙文。

于是，他仿佛可以起身迎接随后到来的事情了。拳头从黑暗中飞来，砸在他脸上，发出一声沉闷的声响，听起来像一颗被抛开的西瓜忽然爆裂开来。

他回到家里的时候已经过了午夜，天气更冷了。他把车子停在屋后，锁住方向盘，然后从厨房进了屋。他拿了点饼干，从冰柜里找出一罐果酱，吃了起来，一边在屋子里来来回回走了一会儿，把手指关节按得咔咔响。吃完后，他把果酱放回原位，又灌下一大口牛奶，随后进了卧室。右手有点肿起来，他小心翼翼地解开自己外套的扣子。

马里昂……？

是我，他说。

噢……现在几点？

应该很晚了。我回来得有点迟。

还好吗？

都好。

他把自己的裤子踢掉，钻到她身旁。

她觉得他在轻声笑。怎么了？她问。

他一直在问，是谁，是谁。

什么？你说谁？

嗯？没事，没什么。就是想到某个人。快睡吧。

她转身把手放在他的胸口。她说，嘘。

他仰面躺着，把自己的一只手搭在她手上，另一只手却越来越僵硬。忽然，他觉得胸口涌上一阵苦意，有一种不好的预感。为什么那个老头要朝政府山头上的蓄水池开枪？

你在害怕什么？她说。

他盯着黑暗中的天花板。我居然会怕，他对自己低声说道。

第四章

山上吹过一阵温热的风，天越来越暗，成团的黑色云朵底部汹涌着，裂开一道巨大的伤口，传来爆裂声，仿佛地核破裂开来，远到温克尔山谷到湾山的玻璃窗都被震得晃动不止。风越来越猛，也越来越冷，树木仿佛在大地加速的剧烈旋转中被离心力甩弯了，随后这一切中止了，在一阵轰隆声和嗞嗞声中，平静的天空下起滂沱的冰雹。

老人透过从帽舌上垂落的水帘望出去，他每次扭头的时候，珠帘就跟着晃动不止。冰雹已经停了，但风随着雨又刮起来了。他从堤岸下边的躲雨处离开，浑身已经湿透了。尘埃被雨水激起，再变成黑色的水球跌落，眼下路上已经是污泥浊水肆虐，水流在车辙里缓缓流淌，在雨滴下水花飞溅。老人跑了起来，小腿是弯曲的，跑起路来有种一瘸一拐的奇怪姿势，风和雨从路上一阵一阵扫过，他眼前什么都看不清。天空中飞着树枝和叶子，树摇晃着发出咔嚓的响声。当他离开马路走进树林时，有些树倒下来，这些已经死去的没有树叶的树干，试图用灰色的脆弱根茎抓住什么，最终还是跌在了地上，倒下之时发出的低沉轰鸣声，被天空的雷鸣爆裂声掩盖了过去。老人继续往前跑，踏过吸水后变得湿滑的陈年落叶，在杂乱的草木之中跳跃奔动，像雨中妖怪。闪电转瞬而逝的亮光之下，他古怪的样子从几乎全然的黑暗中一次次闪现出来。他刚从一棵枯死的栗树下经过，那树干在充沛的雨水下像是镀了一层银，一声霹雳，树上喷出一堆木屑，一只被烧焦的老鼠落在他身上。一块木头发出呼啸声，飞落而下，就像着火的桅杆倒向海里。他摔倒了。四下里充斥着盾牌碰撞的声音，女武神瓦尔基里从猫的嚎叫声中走来，带走了他。水流裹挟泥土灌进他一只被撕烂的袖子里，一簇花白的头发贴在他的额头上，已经被烂泥染成红色。

雨水从外屋墙上的木板缝里渗下来，猫藏身的角落里堆积的落叶被水透湿发黑，一派了无生机的样子，猫钻过倾颓的门，寻找新的庇护所去了。路上到处都是乌黑的水坑，麦秸抑或草叶在水面上轻柔地飘荡着，甲虫把自己蜷成一个圆，像颗子弹，正在水里奇怪地晃动着。它小心地迈着步子绕过它们，沉默地从又湿滑又柔软的陈年枯草上踩过去。

亚瑟·奥恩比的猎狗待在自己的破麻袋窝里，把尾巴卷到自己光秃秃的肚皮上，又睡着了。它并没有看见那只从门边钻进地窖，用三只脚站着的猫。

有光透过蒙蒙的细雨丝，宣告着新一天的到来，也照在它灰褐色皮囊的毛发上，它蜷曲在红枝南坡上一棵大树树干上裂开的洞里。到了下午时分，饥饿逼着它离开了树洞，它胆战心惊，小心翼翼，身上沾满了烂木头的碎屑。

雨仍然在下，侵蚀着马路，从山丘上冲刷出一条条沟渠，青红的泥水像是从破裂的伤口涌出来。河水也灌进田野里，在忍冬花丛之下流淌出一条污泥之河。栅栏的木条往前行进着，如同法老的护卫，消失在泛滥的水渠中。

桑德斯家的牧场变成了一片浅浅的水潭，雨点落在安宁平静的水面上。雨仍然在下。还有哪里的低地里没有积水呢？麦克科尔家的池塘里，水正从狭窄的远端涌入排水口，发出雷鸣般的声响。利特尔河沿岸的浅滩已经全被水淹没了，浑浊的河水没及草茎处，冒出来的草叶和漂浮的小段木头点缀水中，泛起泡沫，它们随波而动、旋转着，轻得不易察觉，或者在风吹过的时候，才猛地晃动起来。到了白天，木头都已经堆积在那里。一对麻鸦睁着锐利的眼睛，审度着这片丰饶的河滩。到了晚上，水淹之处蛤蟆叫声响成一片，青蛙也加入合唱之中。众多长鳞的玩意儿从河里而来，占领了河边的沼泽，它们样貌原始凶猛，尖嘴里长满利齿，这些从中生代的沼泽地里留存至今的古老鱼类从未进化。在这个时节，它们被水遗弃给了喋喋不休的悍妇，骨骼开始发黄、碎裂，粘黏的星点泥土也干透龟裂，乌鸦或是鹞鹰会飞来啄食这些骨头，它们散发出年轻男孩身上那种腥臭味。

许多叶子被泛滥的河水冲到了亨德森谷路，清澈的水流在柏油马路上荡起波纹。暗红色的污水裹挟污泥而来，剧烈地翻涌着，填满了整个沟渠，污水发出打嗝般的声响，一路汹涌地奔腾着。猫从马路上凸起的地方踏过，浑身湿透，显得十分瘦小，露出一副困兽的模样。

一抹阳光低照在烟熏房松木墙板的节疤上，它们在光芒下如同红色宝石，像是布满纹路的眼睑和凝视的眼睛，正盯着阴暗处，那里有只猫正在咬食一块垂挂下来的腊肉。它被咸得龇牙咧嘴，却仍然没有放弃，时不时停下来聆听片刻。米尔德丽德·拉特纳的几头骡子谨慎地踏着蹄子绕过了泥坑，走在路边湿漉漉的杂草地上。除了雨点打在屋顶防水纸上的声音，猫什么都没听见，然后门后传来了钥匙拧动门锁的咯咯声响。它跳到架子高处，警惕着，又跳了一次，要蹿上屋顶尖处的通风口。门开了，它的一只爪子挂在洞口处，两条后腿正绝望地找着落脚处，然而发霉的木板裂开了，它无处可抓地掉下来。

米尔德丽德·拉特纳打开门走进烟熏房的时候，看见一只猫嚎叫着从头上的某个地方掉落下来，四脚叉开地摔在她面前，随即野蛮地朝她扑了过来，昏暗中猫的牙闪过微光，眼神里写满了疯狂。她发出一声尖叫，后退着摔了一跤，那只猫绝望地哀嚎了一声，从她身上飞过去，跑掉了。

蒂普顿的牧场里，四只乌鸦蹲坐在刺槐树上，各自落在一根光秃秃的树枝上，脑袋低垂着耷拉在翅膀间，俯视这银灰色的荒芜光景，看着雨水无声地落入田地里。它们瞧见一只猫小跑着穿过牧场，它像胡乱舞蹈般迂回、跳跃，挑着还干燥的地方走。它们的啼叫在午后的静寂中仿佛是自身寂寞的悲鸣，听起来像是火车悲痛的嘶鸣。它们从栖息之处下来了，低低地掠过它头顶，俯冲下来，啄向它。猫扭过身躯，腰部一沉，和它们打斗起来。来回几次，它们要把它从牧场里驱赶出来，在被袭击的间歇里它站起来，试图抓住它们掠过时的风，艰难地捍卫自己的尊严，这几只鸟四下扑棱，盘旋着，粗鲁暴躁地又发动了一次攻击。

它们在河岸边饶了它，便扑腾着翅膀飞回了槐树枝头。它盯着它们看了片刻，愤怒的黄色眼睛里，瞳孔缩成两条线，它转身往下游去，沿着暴涨的河水来到了那座桥。它从桥上过去，便继续往前，取道南岸长满林木的高地，在那儿停下脚步，好奇地察看了几个洞穴，在树洞里嗅了嗅，随后甩动自己的身体，舔干自己胸口的水，直到一阵从水貂身上飘来的浓烈麝香气味，把它又一次引向了河边。

那只貂已经死了，漂浮在岸边被河水淹没的纷乱野草里。它匍匐前进，跳到一团泥块上，从上往下伸出前爪去碰那头貂。它站起来，看着那头貂。它了无生气地在水里沉浮。链子挂在了水里某处的木桩上，它伸出爪子试图把水貂扯到自己身边，但水貂一动不动。最后它冒险把一只脚伸进水里，咬住了水貂的脖子。水貂皮毛里的细小沙石刮擦着它的牙，它正野蛮地扑咬着那头水貂，然后，它忽然停住了，像是突然走神，抑或是想起某件刚刚忘记了的重要事情。它把貂丢在那里，一路跑过牧场，朝着大马路去了。

雨水黏在它的皮毛上，让它显得非常瘦小，一副凄惨模样。它跑过牛蒡和鲜红的兔子草时，把它们都扯了下来；它的后腿上还缠着一根已经枯死的葡萄藤。它在马路前停下来，抖掉身上的雨水，耳朵往后搭在自己的脑袋上。它叫了一声，肚皮贴到了地上，抬起头望向毫无色彩的天空，还有无穷无尽的雨。

第三天下午，雨势变小了，光线从天空中厚实的灰白中透出来，摇摇晃晃如遥远的指向标，缓缓勾勒出云层犬齿错落的边缘，看起来像破碎的花边，抑或海雾的螺旋。黑暗很早到来，晚些时候，他躺在自己的棉被里，在黑暗的阁楼里，他清醒着，觉得没有了雨声的屋顶仿佛在计算着时间，有什么东西潜伏着，在等待时机。他决定隔天清晨的时候去河边。河水或许会回落一些。

所以直到第四天清晨，他才又一次走去自己放捕兽夹的地方。他路过水塘，从水流涌入田地的尾端绕过，那里的草泡在水里，看起来像水稻，然后沿着满是礁石的河岸往下游去，经过被雨水打烂的莲叶、长满新绿的河滩，穿过牧场，来到马路上。

走到桥边之前，他从大路上离开了，从一道陡坡走下，翻过栅栏，沿着一条满是污泥的小路走到头，一出来就是河岸了。河水一点也没有回落。几条满是污泥的沟渠把河水灌进了另一边低浅的牧场里，在忍冬花丛里翻涌着，马利筋的草尖和柳条都被污水打得直晃。河流自己成了一条愤怒而畸形的水道，与其说是水流，更像是正在移动的坚实大地，从他面前横行而过，水流下落、飞溅，打旋，又缓缓流走，如一条摊开的绳子般一动不动，也未曾改变形状，唯独闪烁着水的油脂般的光泽，而水流奔腾的巨大声响证明着一切都在运动。除非是树枝或者木棍漂流而下，更或者是：被激起的水花荡漾开细小的圆环，扩散开来，就像正在愤怒咆哮中的嘴唇，被从浑浊水中忽然冒出的树枝戳破，又一次平息下来，此后便没有任何的水纹和涟漪，了无踪迹。他在那里坐了几分钟，看着眼前这一切。一只翠鸟沿着河流而上，又飞回来，忽然看见男孩，然后便远离他，从淹了水的牧场草地上飞过去，给寂静的清晨留下几声断断续续的尖厉鸣叫。

他站起来，沿河流与山之间铺了木板的小路走去，从迷雾中如鸟羽般蓬乱的山核桃树前经过，也从在一众春日新绿面前仍然无动于衷的棉木前走过。他开始往上爬，一路的足迹伴随着脚下核桃壳轻柔的咔咔声，一根树枝落下来，他的脚下轻轻地擦过树皮。他跨过山脊，便开始下山，可以看见下方的河流如马蹄铁一般蜿蜒曲折，褐色的河水涌着气泡涨起来，漫出河道，流进了牧场草地，随后他一路下坡，又来到河边——如果说只从地平线上考虑的话，他这算是走了条捷径。

他找不到。河流和他以前见过的完全不一样，每当他转身仔细查看一个似曾相识的地方时，总是惊讶地发现，那儿有一道沟壑、一块栅栏，或是一丛不该出现在那里的刺槐。他往前走，又折回来。他走得太远了。又急匆匆地往河的上游走了五十米，在那儿停留了片刻。他放捕兽夹的那块石头已经被淹没了，不过石头之上的水面有圈状的波纹，然后他便看见那条一直延伸到对岸、绑在小树苗上的细线。往上一点，河流变窄了——他总是从那条长满青苔的石条上过河，不过眼下它也淹没在河水之中。在河道狭窄之处，河水从落差的地方跌落，冲进下方的池水，搅起巧克力般黑色的泡沫，朝着四方流去，变成一片布满星点和气泡的水布，裹挟着细小树枝、树皮和碎片，发出呲呲声响。一只赤裸浮肿的幼鸟在水中翻滚，露出圆而白的肚皮，旋转着消失在棕红色的浑浊河水之中，仿佛一只缓缓合上的眼睛。石头下面，有什么黑色的东西搅动着，朝水面浮起来，又沉下去，仿佛正和某个看不见的敌人搏斗着。他看着。过了会儿，它又浮起来了，这回他可以看得清楚一些，那在水中飘荡的毛发，浮动时就像漩涡中摇摆不定的黑色水草。他在岸边找寻，发现了一根木棍，又走回来，踮起脚尖踩进水里，试了试底。他找到了一块凸起的石头，用木棍探了探，然后迈了过去，当他把脚往水里踩去的时候，片刻之间有点恐慌。他跨着腿，一只脚在河里，一只在岸上，河水就从他胯下奔腾而过，水花溅到他的小腿上。他把另一只脚也踩了过来，然后小心翼翼地转身，朝着上游的方向。他站在奔腾的褐色水流中，水花发出切割般的声响，飞到他的腿上，他站在这奇异的流动画面中，一动不动。他侧着身子在水里移动，一直走到离另一边的河岸只剩半米远的地方，石条到这里走到尽头了，他猛地跳过了剩下的距离。水淹到腰部的位置，他的双脚在无处落定的湿滑污泥中挣扎着，借着手里的棍子，找寻着踩脚的地方。随后他跨过了河水，紧紧地抓着能支撑他身体重量的野草根，悬挂在河岸上，浑身冰冷，满是泥污。

他蹒跚了几步，沿着河坡滑到那棵小树苗边，一脚钩在孱弱的树干上，抓住那根线，把它解开，绳线在他手里发出电流般的嗡嗡声。他把绳线抓在手里，拉着它一边爬回岸上。爬到高处时，他回头看见自己的猎物在泡了水的草丛里漂浮，把它拉上来之前，他已经能看见它身上白色的斑块，像是吸在上面的水蛭。很快，他把它抓在手里了，抚摸着它沾满污泥的粗糙皮毛，它的前腿被捕兽夹咬住已经断裂，骨头凸了出来，颈部的一圈白色被红色的泥土染脏了，尖细的黄牙露了出来，像残忍的笑容。他把它抓在手里，转了转，一言不发地察看那些干净而丑陋的撕裂口，它们发白，失去血色。都是些伤口，但看起来像是没有睫毛的眼睑，或是死气沉沉的咧开的嘴。

他把它从捕兽夹上解下来，放进自己的口袋里，再把绳线缠绕在捕兽夹上，装进了自己的另一只口袋。太阳已经高高升起，但厚实的积雨云涌动着在东南角聚集起来，光线被吞噬殆尽。他没有再过河，而是朝着牧场走去。在他走进树林里之前，第一滴雨已经打在他的肩膀上。等他来到马路上时，路面已经乌黑一片，雨水横流，他缩着肩膀在倾盆大雨中前进，身子微微地发抖。大风刮过路面，积水泛起泡沫，到处水雾迷茫，地面上已经淹了水——房子苍凉而阴沉地站着——最后的毁灭似乎到来了，仿佛在地球最后一个冬天的尾端，无比充沛的水正从宇宙深处缓缓涌上来。

马里昂·希尔德终于踏出房门的时候，雨已经连续不断地下了六天。他沿小路开车下山，污泥在车轮底下像跳山羊一样跳跃，车子驶上马路，一路来到岔道口。杂货店门口出现了一个小水塘，大家得从一块木板上过去，才能走到门廊上。天上仍然落着毛毛雨，红枝的居民们围着火炉而坐，时不时望一眼外面灰蒙蒙的村景，再摇摇头。希尔德倒车停在加油器跟前，下了车，在踏板上刮了刮鞋子上的泥土，然后蹚过泥浆朝门廊走去，来到店门口。发现窗前焊上了铁网，他笑了一下。

埃勒先生从肉柜旁的椅子里抬起头。说起来，他开口道，有一些时间没见到你了。你带钱了吗？

希尔德没理他。汽油，他说。钥匙在哪儿？

埃勒先生叹口气，从椅子里站起来，走到收银台拉开抽屉，从柜台后面把钥匙递出来。

但愿你的鞋别弄湿了，他说。

希尔德接过钥匙，走出门外往加油器去了。他打开锁开始摇杆，把汽油泵进锈迹斑斑的加油器上头那个玻璃油量表里。灌满之后，他拧开汽车油箱的盖子，从挡泥板后面拿下来，把管子插进去，压下摇杆。油量表里的汽油涌动起来，冒出气泡，冲进汽车的油箱里。油量表空了，只剩内壁上还挂着几滴，看起来油腻腻的。希尔德不在意。他把管子挂起来，锁上加油器，走回店里把钥匙给了埃勒先生。一窝小猫爬出来，迈着孱弱的脚在地板上蹒跚地游荡，一边喵喵叫。它们的眼睛紧闭着，有点儿溃烂，像是同时被圣经里的某种瘟疫感染了。

我还真没见过这么丑的猫，希尔德说。

芬内尔太太也这么说，埃勒先生咕哝了一句。小普利亚姆还跟她说，她该去看看后面那几只看起来要拄着拐杖才能走路的。他从柜台上拿过钥匙，把它们收回抽屉里。

记个账，希尔德说。

我觉得你现在都改用这句话和我说再见了，埃勒先生说。就像你说你好啊，回头见。这让我们都不用浪费口舌。

我要是像你那么有钱我早就退休了。

那你也一样得付钱。

当然会付的，希尔德说。

埃勒先生又开始说了，我觉得吧……

抱歉，希尔德说，我得走了。穷小子可没那个闲工夫整天闲聊。

他摆摆手，走出去，在门边站了一会儿，又转过头来。嘿，他喊了一声。

怎么了？

一个真正的基督徒早就把它们淹死了。

什么？埃勒先生又问了一声。

希尔德靠在门上，脸上露出笑容，他指着地上那些蹒跚的小猫，它们看起来像是随风而动的棉团。

埃勒先生挥挥手嘘他走，随后他离开了。

这个杂货店老板在柜台的大理石边上敲着手指头，过了一会儿，他才转身走回自己的椅子。他歇了没多久，罐头堆后面的挂钟开始一边走着一边发出费力的声响，在这一连串的咔咔声中，它的齿轮好像就要寿终正寝了，然后忽然停了片刻，最后发出四声敲锣一样的可怕响声，就像是东方庙宇里某种仪式的呼号，一切都安静了。

埃勒先生从椅子里起身，走到挂钟旁，拿起挂在长线上的钥匙给它重新上了发条。它发出响亮的齿轮转动声。他随即把它从架子上抓起来，挂回原位。它重新开始发出机械的嘀嗒声。

有只猫在肉柜后面爬动，他走回椅子的时候小心翼翼地跨过了它。那只小猫看起来像喝多了那样摇摇晃晃地走着，在肉柜上撞了几下，又继续往前走。它们在地板上到处游走，从别的猫跟前经过，再经过，谁也看不见谁。有一只跌跌撞撞地从火炉边的咖啡罐旁走过去，滑了一跤，跌在罐子周围那一摊沾了烟灰的唾液上。它挣扎着又站起来，背上肚子上都粘了一层褐色的东西，黏糊糊的，踉跄着朝墙边走去，它在那儿站住了，瞎了的眼睛化脓了，它朝这个世界发出了一声微弱的嚎叫。

埃勒先生打起盹，他的脑袋在肩头轻轻地摇晃着，朝着胸口垂了下来。一会儿之后，一个女孩，穿着条又薄又破的裙子，从柜台后面的门走进来，把所有的小猫都抓起来。那些小猫叫得更大声了，乱成一团，女孩抓着它们又出去了，低声细语地和它们说着话。

埃勒先生在打盹，钟声嘀嗒响。捕蝇纸飘起来，转了转。风又刮起来了，雨水从树上被吹落，啪啪地打在杂货店的锡皮屋顶上，声音透过天花板传下来，显得低沉而遥远。

希尔德关上身后的栅门，沿果园的路往上开。地上是雨水冲刷出来的无数沟壑，而水流仍然在这泥泞中沿着万千沟渠奔腾，充斥在山坡间的整片平地上。突然，车子在拐弯处猛地打滑了，陷进泥里，像一匹狂躁的马那样挣扎了几下，动弹不得了。后轮陷在厚厚的泥潭里，泥土被抛甩出去，猛地射进低矮的灌木丛中，飞进树林里，打在树上，发出古怪而空洞的声音。希尔德关掉发动机，下车走到闪闪发亮的污泥之中。还有四分之一英里才会到拐角的空地，他径直朝前走去，皮靴子在泥泞中汩汩地叫着。

树上长了绿色的苹果，比拇指盖大不了多少，那是一种晶莹透亮的绿，就像苍蝇肚子上那种致命的绿。他走过的时候摘了一个，咬了一口……充满毒意的苦涩，像柿子一样刺激着他的口腔。如果绿苹果会让你生病的话，希尔德心里想，那他自己老早前就已经死了。他认识的大多数人都会吃这样的苹果。他们也变不了毒藤。那个小男孩，约翰·卫斯理，他可承受不了毒藤。血已经败坏了。

他到半夜才忙完，两箱两箱地搬到路上，一共走了九个来回。他把最后两箱放进去，然后合上后备箱。随即打开车门坐进去，脱下自己的靴子，污泥已经让它看不出原来的样子了，然后把它们放在座位后面的地板上。

他让车头来回摆动，终于从淤泥里挣脱出来，然后不得不倒车开了半英里，才终于找到一块看起来够宽够结实的空地掉了头。当他把车开回大马路上的时候，一阵风刮起来，细小的雨点打在挡风玻璃上。他把穿着袜子的左脚搭在手刹上，一路缓缓地开下山。

城里的灯火变成了一圈圈晃动的光晕，凝结成团，又被黑色的河水割裂开，一切破碎的形状纷乱不堪。沿着桥往前绵延着形状破乱的光亮，其后紧随着一排排向后延伸围成椭圆的路灯，最终连成一整片。雨刷在挡风玻璃上划出规律的来回弧线，使他昏昏欲睡，他挂了空挡，车子滑行到桥上，开进了被雨水和寂静包裹的城里，车辆缓缓地超过他，他们的车头灯灯光是苍白的，被雨水浸湿的光亮连成一条悲伤的长龙。

希尔德的发动机咔咔作响，跳动起来，又启动了，转了几圈，发出一阵痉挛般的抽吸声，熄灭了。他一脚把离合器踏板踩到底，发动机空转了大概有一分钟，他试着让它重新启动。但发动机颤抖起来，整辆车剧烈地抖了几下，最后完全停下来了。

汽车一动不动，他在方向盘后边又坐了几分钟，然后试着再启动它。发动机欢快地转动起来，咳了几声，然而车子还是没有移动。他切断电源，从手套箱里拿出手电筒，深深地吸了口气，猛地下车冲进雨里。撑起引擎盖，他把半个身子探了进去，盖子遮在他头上，看起来仿佛是一头好心的野兽张大了嘴，他检查了线路和油门连接杆，然后把浮子室从燃油泵里拆下来，拿手电筒照着玻璃的部分，仔细察看着。里面的液体泛着苍黄色。他把液体倒掉，然后把浮子室装回原来的地方，盖上引擎盖，回到车上。他花了点时间让浮子室重新填满，然后发动机咳了几声，车子启动了。他一路都开得很谨慎，一边仔细地听着。街灯在玻璃上投下了模糊的光圈。接下来一路上都没有再出现故障，直到他开过那座桥，一直来到桥尾处，发动机发出咔咔声响，再一次熄火了。

老人醒来时，天已经黑了，水在树叶下到处流淌，雨点十分轻柔，但始终下着。猎犬把脑袋搭在两只前爪上，正看着他。他伸出一只手碰它，那狗笨拙地爬起来，嗅了嗅他的手。

风已经消失了，黑暗的树林沉浸在轻柔的呼吸中，除了雨水落下的声音和水珠在树枝上流动的声音——落下的水珠跌进了宛如酒杯的叶子里，再听不到其他的声响了。老人的嘴里有草，他站了起来，环视四周，听着雨水乞求般的声音，在黑暗的魔法中，有轻柔的悲歌，呼唤着大地立下婚约。

* * *

他们来找了老人三趟。第一趟只有警长和吉福。他们刚踩到门廊上，他就猛地推开房门，举着枪瞄准来人。他们看见老人邪恶的驴耳朵正靠在那支旧猎枪的枪盘上。随后，他们转身走下院子，什么都没说，也没有回头，老人在他们身后把门关上了。

第二次他们把车停在路口拐角处，带了三位副手，还有一位县里的长官。老人透过窗户看着他们向前冲过来，躲在灌木丛后面隐蔽起来。他们从一棵树躲到另一棵树后面，像小孩在玩印第安游戏。过了一会儿，等到所有人都各就各位，警长开始从他藏身的路肩下面喊话。

举起你的手，离开房子，奥恩比！我们已经包围你了。

老人连头都没转一下。他在厨房里，猎枪正靠在椅背上，他观察着其中一个躲在庭院西角丁香花丛里的副手。老人一直盯着他，这时候警长又一次喊他投降，与此同时，某个人打碎了他前屋的玻璃窗，他没有再迟疑，举起猎枪，朝那个副官开了枪。那家伙从花丛里像只兔子一样蹿出来，趔趔趄趄地朝马路跑去，一手还按着自己的腿。他在等那个人惨叫，然而他并没有发出声音，然后老人想起来了，自己那一回也没叫。

厨房的玻璃在他面前爆裂开来，他随即躲到壁炉后面。林子里开始开枪，一串子弹飞过来，他就坐在地板上，听着枪声，听着子弹从房子里一颗颗飞过去。苍黄的木片从墙板上落下来，这时候他听见屋子另一侧的墙上也传来了枪弹声。子弹飞过去的时候没有声音了，老人仍然坐在地板上。一颗子弹击中了他身后的壁炉，随即猛烈地弹开，把桌上台灯的玻璃灯罩打得粉碎。房间里仿佛充斥着看不见的恶灵。

他把枪放在膝盖上，手里握着空弹壳。几分钟后，枪声停止了，他沿着橱柜爬到桌子旁，拿到了放在桌上的子弹，又爬回来，卸下空空的枪膛。然后他卷了一支烟。能听见他们正在喊着另一个人。某个人在问有没有人受伤。随后警长跟他们说，等一分钟，因为这个老混蛋从刚才就已经没有开枪了，他大喊大叫起来，好像有人听不见他说话似的，他想知道奥恩比现在是不是准备走出家门了。

老人点燃了烟，深吸了一口。屋外一片寂静。

奥恩比，警长喊道，如果你还能走的话，现在出来。

又是一阵沉寂，过了会儿他终于听到一些声音，后面他们又开了好几回枪。撑开窗户的那根棍子掉在地上，那扇玻璃已经破碎的窗户自己关上了。他听见前屋里又传来子弹飞舞的声音，打翻了家具，打穿了墙壁，四处飞散的木屑仿佛飞虫。

他们消停了，警长又开始说话。包抄！他说。做好隐蔽，记住，所有人一起行动！

老人没有太明白这是什么意思。他又吸了两口烟，把它熄灭了，然后从壁炉下爬过去。透过一块裂开的墙板，他看见他们正在靠近，从他的位置看出去，他们就像是蹲在草丛里。有两个人握着枪从南边过来。他们中的一个穿了条卡其色制服，看起来像是烟草局来的人。老人辨认清楚他们的位置，从壁炉下又挪了回去，旋即猛地冲到窗边，迅速从低处瞄准，开枪打中了那两个人。他随即闪回壁炉边，卸下枪膛，重新装了子弹。屋外毫无动静。警长也不喊了，过了一会儿，他听见汽车发动离开的声音，便站起来，走到前屋，去看看他们都打中了什么。

到了傍晚，又开始下起雨来，但是老人已经不能再等下去了。黑色的云团在山头涌动，给山坡上刺眼的绿色染上了一层阴影，山谷里有马尾状的迷雾漂浮着，或是被风吹动，悲戚地卷起花边与流苏，再被撕扯开来，拉往山坡低处去了。一只啄木鸟从院子里飞过，回到那株被雷击过的松树树尖上的洞里，翅膀下闪烁着铬的光泽。

老人把自己剩下的东西搬出来堆到雪橇上，用绑在雪橇边上的皮带把它们捆起来。他回了一趟屋里，又看了看四周。或许还有些东西可以带上。他走出来，拿着一条钩针编结地毯，抖了抖上面的尘土，盖在了雪橇上。他把绳索抓在手里，拖着雪橇走到路边，喊了史库。那条老狗从门廊下走出来，用它那双湿黏的蓝眼睛望着这形状模糊的世界。老人又喊了一声，那条狗朝着大路走过来，它腿脚僵硬，摇摇晃晃，随后他们就一起出发了，沿着大路往南，逐渐在雨中变成了两个暗淡的身影。

于是，当他们第三次找上门来时，老人已经不在那里了。他们把催泪瓦斯从窗户丢进房子里，然后朝已经支离破碎的房子从三面发起了进攻，整栋房子在他们的炮火之下颤抖着、摇晃着。一位县里的长官脖子受了伤，坐在泥地上，鲜血沿着他的胸口染湿了衬衫，他在叫喊，要其他人立刻把那个婊子养的给抓出来。但当他们从屋子里出来的时候，没有人敢看他。最后是警长和另外一个人走到他跟前，扶他站起来，把他搀进车里。

没办法，警长说，他早逃走了。

逃走了？他是怎么逃走的？那个男人问了两三遍，然而警长只是摇头，到后来那个男人也不再发问了。他们的车开走了，溅起一路的污泥。一共是四辆车，警笛始终响着。

当老人走到铁路边上时，山上的雨已经停了，借着漫天云层下最后的光线，他辨认出锐利的山脊轮廓，仿佛一条热情洋溢的猎犬，正往地上冲来，要朝着大地的最西边跑去，追逐即将落下的斜阳。他转过身，背对山群，沿着铁路往东走，雪橇在腐朽的枕木上颠簸不停。雨还在下，黑暗来得很快。他时不时停下来检查自己的家当，顺便加固一下皮带。他在铁路上走了两个小时，不时从铁路上下来，走到被越来越暗的天色所笼罩的田地里，绕过那些走不了的地方，那时暮色已经垂挂在河堤高高的岸上，也落到了忍冬花丛中，拉出幽灵般的重重魅影，抑或是神秘造物的轮廓，在静寂中注目着他的行进。老人沿铁路一直往东，拖着皮绳，身子向前倾去，走进红紫色的夜幕中。

夜色降临时，他离开铁路走进树林里，朝着南方而去，用脚寻出一条小道，身上的衣服湿透了，他在微微地颤抖。他们走过一个废弃的采石场，从地里被挖出来的巨石，丑陋而粗鲁地堆叠在一起，被爆破之后对称地倾颓下来，颜色苍白，躺卧在树木之间，仿佛古老庙宇的废墟。他们沿着采石场的路痕无声地走过去，雪橇发出沙沙声，憔悴的狗步伐也悄无声息，他们从开采后留下的巨大坑洞前经过，坑里绿油油的水正升起雾气，然后他们又走进了树林里，白色的石灰岩在黑色的地面上很是显眼，有一众可怖的蛞蝓蛰伏在一片烧焦的林木上。许多树缓缓地转，仿佛旋转木马，混入自己的阴影之中，又与黑暗剥离开来，宛如不真实之物。雨停了。他们走过去，在潮湿的叶子上留下磷火般的脚印，像在飞船的轨迹中留存的群星。

清晨的时候他们到了奇尔霍伊山的南坡上，那条狗眼下趴在雪橇上，老人拖着它们经过一棵又一棵的树，沿着陡坡往上爬，终于来到坡上。从他站的坡顶高处望出去，可以看见大地曲折的边缘已经有第一抹苍白的亮光，不知从何而来。在青灰色的薄雾中，地平线显得弯弯曲曲。一个小时之后，他们终于登上山顶，站在一丛闪烁着麦粒色光泽的莎草地里，除了那棵满是裂痕的黑色栗树，再没有其他树木了。

太阳已经升起，老人停下来靠在树上歇脚。一会儿之后他睡着了，雪橇的拖绳仍然紧握在长了水泡的手里。狗躺在阳光里，已经秃了的皮毛时不时挛缩起来，赶走上面的苍蝇。他们下方很远的地方，云影在山谷底如流水般飘过，给林边的景致染上一层阴影，它们移动开来，被影子洗刷而过的土地又露出原本的棕色和绿意。云碰撞在山头碎开了，缓缓飘动，状如珊瑚，从犬齿般的交接处散入蓝色的天空中。有一只蝴蝶正挣扎着，从一道道光线里飞过，跌落在金色与海绿色交映的树尖上……

午后，老人醒了，吃了点冷冰冰的玉米面包，也分了点给那头猎犬。他吃得不多，玉米面包对他来说足够了。随后他就下山了，身后拉着他那些可怜的财产，选了一条从小树和杜鹃花丛中经过的路。午夜刚过不久，他出现在一条马路上，沿着它往南的方向走，经过一座木桥，清澈的河水潺潺流淌，他顺着这条路再一次往山里走，拖着身后的雪橇也没那么费力了，猎犬跟在一旁。

老人隔天早上在一座房子里歇脚，他在走到那房子之前许久，就已经看见它发出的亮光。在山顶上的一些位置，他有一两次瞥见它，那时他正穿过山上的一片草地。那片巨大的草地隐没在昏暗中，夜禽的身影从上面掠过，但他并不知道自己会被引向什么地方。后来他看不见那个亮光了，直到登上丘顶，发现房子就站在那里，而马路的一部分则在车灯的照射下，从黑夜中浮现出来。有人在说话，他听见了马达转动的声响。

他没有停下来，径直走进光亮中。说话声停住了。老人抬起头看他们，有两个男人靠在汽车上，还有一个坐在车里。他仍然往前走着。他们的身影消失在车头灯的光芒之后，随后又迷迷糊糊地出现，他们一动不动地看着他。当他终于把眼睛从车头灯的光芒中移开之后，便停下脚步，朝他们点了点头。你们好，他说。

你迷路了吗？

我想没有，他说。

他们中的某个人说了什么。车子启动了，沿着小路往下朝着他开过来，那两个男人就在车边跟着。车里的男人朝他探出身子。再往上是死路了，他说。在上面绕了个圈，会回到这里。

从这里到哈里金有多远？老人想搞清楚。

那人把车灯关掉了。另外两个人也走到他跟前，轮流跟他打了声招呼。史库爬到雪橇上，恶狠狠地看着他们。

他问从这里到哈里金有多远，司机说了一句。

有多远？

另一个人往前走了几步，冷漠而好奇地看了看老人，雪橇上堆着他可怜的家当，最上头还趴着一条年老的猎犬。你没办法走到那里去的，他说。你应该从森夏恩那边走，要过一条河……那个地方可不太容易去啊，不过你要是从我说的那个地方走，要近一些。你去那儿干什么，砍树吗？

不，老人答道。我是想去看看能不能在那边盖个房子，打算搬到那儿去。

在哈里金？

是的。

你从哪里来的？车里的男人问道。

诺克斯维尔附近。

车里的人沉默了一会儿，然后开口说，我现在要出发去赛维尔维尔。我能带上你，如果你不介意坐我这辆破车的话。

那真是感激不尽，老人说，不过我想，我可以走到那儿去。

好吧，那男人说。他扭头朝那两个人说，我现在该走了，我走了，他说。下回见。

他们点了点头。回头见。车子启动了，车头灯又亮了起来，发出咔咔声响往坡下开去，从路上消失了。老人把雪橇的拖绳拽在手里，和那两人说了再见。

你应该到屋里来，和我们一起吃个早餐，他们中的一个说道。

多谢了，老人说，不过我要赶紧出发了。

还是和我们一起吃点东西吧，另一个也开口了。很快的。好吧，老人说，如果你们不嫌麻烦的话。

这天早上老人走进去的这座房子，并不是那种供猎人歇脚和放枪的棚屋，而是一栋山间木屋，用来搭建房子的圆木已经饱经岁月的风霜，墙缝都用黏土堵上了。它的结构像是一个长的马鞍，屋内则隔成了两个一样大的房间，其中一间里面的墙上，有用河石垒砌的壁炉，那些石头如鸡蛋般光滑，恐怕比河流还要古老。当他们坐下时，右侧的门里有一张女人的脸庞正悄悄地注视着他们，高个子的男人让老人坐到一张用大奶油桶做成的椅子上，上面还盖了一张已经磨得光秃秃的牛皮。他们掏出烟草和烟纸，毫不客套地递给他，但正是这样略带歉意的微小动作，乡下人总是看在眼里，你得抬抬手表示回应。老人这下开始觉得自在起来了。

你说你是从诺克斯维尔附近来的？高个子男人说。

是啊，他答道，差不多卷好了手里的烟。

我有个妹妹也住在那地方。那些孩子真的是脏兮兮的。她嫁给了一个从米德石矿场来的男孩——你知道那是什么地方吗?

当然啦，老人说。我自己是从红枝来的。以前礼拜天下午的时候,我们就去米德石矿场和那里的男孩子打架,揍他们一顿,让他们记住谁才是老大。

那男人笑了。他就是这么跟我说的，他说。

老人也笑了。

另一个男人插话道，这大好的清早，你要不要喝一点儿。

你们要喝的话，那我也来一点儿。

他从门边消失了，去了披屋，很快就回来，手里拿着个广口的玻璃瓶。我们来瞧瞧这是不是我想要的，他说着把瓶子微微倾斜，盯着慢慢爬上来的一圈细小气泡。他拧下盖子，朝自己精瘦结实的喉咙里倒了一口，深深地咽下去，抬起头仿佛在聆听什么，随后把瓶子递给老人。就是它，他说。真正高级的威士忌。

老人接过瓶子也喝了一口。他的腿忽然觉得有些沉重了，他抬起其中一条腿，然后是另一条，只是微微地抬起来，像在感受它们的重量。他又一次举起瓶子，喝了一口，把它递还给那个男人了。好，我们现在已经喝了一点儿了，非常棒的威士忌，他说。

瓶子在那两个人手里轮递了一下，然后被盖上盖子，放到地上。矮个子男人从小窗子望出去，天已经亮了，他说。

他扭头看向老人。你是不是要早点出发？

老人抱起手臂，也看了一眼窗外。

是啊，他说，早点出发好，没错。

我记得你是从沃尔兰德过来的，是吧？

不是，老人说道，是诺克斯维尔。

我想说的是，你是步行来的，翻过那座山……

我从那儿直接过来的，老人说道。

他们互相看了看。高个子男人迟疑了片刻，然后开口说：你说你要去哈里金？

我是这么打算的，老人说。

我得说，大家去那个地方都只不过是溜一圈就走了，他说。我认识一两个人在不同的时间曾经在那儿待过，不过后来都有杂七杂八的理由又搬走了。我还记得我爸那时候总是喜欢让狗把猎物撵到树上去，自己却不去追捕。他说那块土地啊，你走上半里路也找不到一个可以坐着歇息的地方——那是一个长满月桂树的地狱，还有倒下的树干，响尾蛇就躲在里面……我自己从来没去过那里。

你打算在那里待很长时间吗？另一个男人问。

但老人还没来得及开口回答，那个女人的脑袋从门后面冒出来，说可以吃早餐了。那两个男人立刻站起来，朝厨房走去，忽然停下脚步，想起来老人仍然坐在那儿，嘴里还有没说出口的话。他们看起来像是两手脏脏却鬼鬼祟祟正要爬上餐桌的男孩，显得惴惴不安。老人站起来，走到他们中间，矮个子男人露出似笑非笑的表情，说道：我们好像已经想不起来行为礼仪是什么了，是不是？

啊，老人应了一声。

走到山脚的时候，老人发现自己置身于一片宽阔的沼泽地，那里有芦苇茂密地生长，有细细的水流绕着它从浅滩的沙子上流淌而过，其中隐约有几条鲦鱼的踪影，银蜘蛛在水面上撑开六角星到处漂流，仿佛充满活力而又脆弱的水母。老人蹲下身子，用手掬起水，送到唇边，看见鲦鱼四处游动，闪着微光。史库在他身边，水没到膝盖的地方，水花拍在它的腿上，发出响声。一条条红色污泥的痕迹从它的腿弯处滑下，在水中散开血丝一样的纹路。鲦鱼从水面掠过，逃进流水中，有一条水蛇从对岸的一块河石上舒展开身躯，滑进了缓缓的水流中，如一道笛声，此外再没有其他动静了。

老人喝了水，然后靠在雪橇上。沼泽地飘来轻微的声音。山上的林木间传来一只山鹬的啼叫声，在这声音中，在这无尽夏日的孤寂与平和之中，老人睡着了。

* * *

没错，杂货店老板说。是的，现在我知道你在说谁了。你是他亲戚?

不是，那男人说道。不是他亲戚，只是要找他谈点事情。

他穿了一条干净的灰色斜纹棉布裤，戴了一顶不错的毛毡帽，帽檐抬得很高。胡菲克朝窗外瞥了一眼，外面的门廊边上停着这个人的车，一辆光洁的新款黑色福特。

那男人看见了他的目光，也看见杂货店老板眯起了眼睛，透出一丝怀疑的神色。

那个，胡菲克说，我不知道怎么告诉你该上哪儿找他。他住在那上面的某个地方——他举起手，大概指了一下包围着山谷的阴郁群山。

他会来这里买东西吗?那人问道。

好吧，我不能这么说对吧?准确来说会的，但不经常来。他来过这儿一两次，不过已经好几个礼拜没见到他了。他是个挺有意思的老好人，不过我觉得他压根儿就没钱。

他买了什么?

嗯，他买了点面包，还有一袋玉米面。上回还买了一小块咸肉。

他赊账了吗?

没有。我不太让人赊账的。他带了一些草药来。人参的根。

还有一些白毛茛，不过这种玩意儿一点也不值钱。不过我还是跟他换了。

那些人参根?

是的，胡菲克说。我把它们卖到圣路易斯去了，那也是我倒卖兽皮的地方。

那人看起来有点困惑，但他没有再提任何与此有关的问题了。

你是这附近的人吗？杂货店老板问道。

我从玛丽维尔那边来的。

噢，胡菲克说，我也有些亲戚在那边。

他还带着那条狗吗?

谁?

那个老头……那个……

噢，是啊，确实有条狗跟着他。一条年迈的短毛猎犬，看起来像是吸了毒快死了一样，身上像被碱水狠狠洗过，根本就没毛了。看起来很可怜。

嗯，那男人说道，你说你不知道他住在哪儿是不是?

是啊，我不知道。

好，多谢了。

不客气，回头见了。

他确实又来了。接下来的整整七天，他每天都来。

隔天一大早他就来了，那些不去教堂的游手好闲者在没有点火的火炉边围成一个圈，他就在边上走来走去。他的出现打破了那些懒汉之间的团结，他们就像是一群面目可憎的难民，正在等待关于某场灾难的消息，要么是洪水，要么是火灾，或者是瘟疫。他时不时地从箱子里拿一瓶饮料，然后站住，一口一口喝起来，拳头抵在自己的腰间，眼神在那些从天花板的横梁上垂挂下来的商品上扫来扫去。抑或是用一种凝重的神色从玻璃望出去，视线越过河流和那座小桥，望着那片一路攀爬，一直连绵到山脉上的翠绿斜谷。

星期一，当胡菲克下来的时候，他没在那儿，但半个小时之后，他走出去要把加油器的锁打开，发现车子停在靠近杂货店的碎石坡上，那男人正斜靠在挡泥板上，还是那一身整洁的衣裤，拿了一只纸杯啜饮着咖啡。太阳从他身后升起来，而西边的雾气正在散去，山坡的光景显现出来，让月桂树暴露在清晨猛烈的绿色光芒中。男人的视线又一次越过河流，落在远处的山峰上，仿佛他深灰色的瞳眸会捕捉一切，从那座离他至少有四英里远的大山某处找出一个老人和一条猎犬。

胡菲克打开门，男人转过头来。他抬起手打了招呼，男人点了点头。他下了台阶走到加油器旁，把锁打开了。

今天也是个好天气，是不是？他大声说。

看起来确实是，男人说。他喝完咖啡，把纸杯丢掉，从挡泥板下来，沿着碎石坡走了几步，伸展了一下身子。胡菲克走回店里。

大概十一点的时候，他走进来了，朝杂货店老板又点了一次头。他拿了一包苏打饼干，还有一小块起司，在蛋糕架上看了很久，最后拿了块甜饼。他把自己的午餐放到柜台上，胡菲克开始在一个本子上费力地算起了价格，大声说着数字，一边把它们加起来。

我还要一夸脱牛奶，男人说道。

他写了下来，然后走去冷冻柜拿来了牛奶，装在正好一夸脱的瓶子里。男人看着牛奶，在柜台上转动瓶子。

那是沃克太太家的牛奶，他说这话的时候底气十足，我敢保证，你绝对没喝过这么好喝的奶。

男人点了点头，从口袋里掏出一沓钱来。

四十五美分，胡菲克说道。

他付过钱，走到门廊上坐下来，靠在邮筒上开始吃起自己的早餐。吃完后他在那儿蹲了好一阵子，抽着烟。然后他拿着瓶子走回店里，把它放在柜台上。胡菲克拿着瓶子走出去，在房子一层的水龙头边把它洗干净了。有几个家伙朝着杂货店走来，他朝他们挥了挥手，走进店里了。

下午的时候男人又进来一回，喝了一瓶可乐。在他走出去回自己车里之前，他问胡菲克，那个老人通常什么时候来。

哪个老头？

就是我问过你的那个人。

噢，他啊，前几次都是早晨的时候来。不过他不常来，也没个规律，所以我没办法跟你说什么时候更容易碰到他。

光芒出现在山峰上，早晨的静寂中，鸟儿最初的啼叫声仿佛溪水从石头上流过。树林里的雾气像古老的灰色幽灵，变得暗淡，消散开来，长满青苔的灰暗大地在缓缓移动，夜间蜷曲的野花沿着小路再次张开干枯的花瓣，那条瘦骨嶙峋的猎犬蹒跚而来，走在它自己都难以置信的一道光晕中，老人挪着步子，走在这满是石英石和页岩的山脊上，他的手杖在肩头轻轻地摇摆着，上面挂着一只松垮的油纸袋，里面装的是他要拿来交换的珍稀草根。他们从一块坍塌下来的巨大山岩上经过，岩石上涂满阳光，一条满是细碎小石的深铜棕色沟渠里，有一道涓涓细流。在走下山岩进入树影杂乱林木倒斜的峡谷之前，老人停歇了片刻。那狗往下望着，好奇地看了看老人，又继续研究那空旷的峡谷，随后它走动起来，老人抓起自己的手杖，跟了上去。他的一只短靴鞋底已经开裂了，走起路来摇摇晃晃，他停下，用另一只脚独立着，拿了根细绳把鞋底牢系在靴子上。

过了那块山岩，他们再一次走入树林深处，阳光斑驳地从春日的林木间穿过，投下扇形的光柱，在林间的地上留下金光闪闪的绿意和斑斑点点的黑影。他拿手杖打倒了众多水晶兰，还戳了戳马勃菌球，一股毒烟像绿色的云朵般喷薄而出。树林里有一股清晨的潮气，不时可以听见松鼠跳过树枝发出的沙沙声，还有水滴接连滴落在叶子上的声音。他们追了两回山雉，当它们从杜鹃花丛里腾翅飞起的时候，史库总是惊恐地跑开了。

老人走的这条路是森林救火小组开辟出来的救火通道。从那块他如今建起自己房子的空地算起，他往上爬了一千英尺才到这里，但是一走到救火道上，步伐变得轻松多了，要是没有脚上的坏鞋，他的步子要更顺畅一些。到河边还有六英里，他过了那条河，上马路去五金杂货店。那是一间在任何一个十字路口都能找到的店铺，摇摇欲坠的门廊、被石头砸得破破烂烂的巨大广告牌、饱经风雨摧残之后弯曲变形的屋顶，还有从未上过油漆的灰蒙蒙的木板——但老人很早就出门了。透过林木间的缝隙，他可以看见山下远处的河谷，河水奔腾而过，在山的阴影里，水汽涌动，泡沫翻腾，像是地球的古老灾难再度上演，黑色的迷雾飘荡在斜谷和山沟里，像蔓延的火山岩，抑或是一圈堆叠在山谷边缘高高撑起的石壁——越过河谷，远处一众灰白的圆屋顶正矗立在晨光中，阳光来到了老人歇脚的这片山坡，刺穿了象征般有如雪花的细小迷雾颗粒，让雾气在一阵闪烁的纷乱涌动中消散开来，阳光也照到树上，饰以光的缎带，还在缓缓舒展开的蕨类上编织脉络——阳光在走过长长的光路之后，重新注入了某片叶子上的水滴之中。

靴子、手杖，还有那狗已经龟裂的肉垫，在满是贝壳的灰岩上啪嗒作响地走着，偶尔打滑，然后他们停了下来，跟前有一条盘成团的蛇，袒露着惨白的腹部，上面停满蝴蝶，它们的翅翼开合着，仿佛那蛇要爆裂开来。史库好奇地嗅了嗅那条蛇，蝴蝶起了一阵骚乱，飞过它的脑袋，它们纹路斑斓的翅翼就像是华丽的祝福。老人用手杖把蛇翻了过来，观察着那像是地毯图案、却已经粘沾尘土的暗淡蛇皮，能发出响声的蛇尾已经被割掉，伤口处是凝结成块的黑色血污。

他们继续往前走——现在，他们脚下是柔软却散发着臭气的腐殖土，他们走过的地面，或是覆盖着一层如绿色天鹅绒般交织的地衣，或是如海绵般柔软而潮湿，到处根茎交错，凸起的茎块蓬勃生长——他们往下走，沿着山影，一直来到水汽升腾的河谷。

胡菲克会说自己是运气好，才会碰巧在那天早上，透过窗户朝河边望过去的时候，看见老人正走下来，不过实际上，与那位穿着服帖的灰色棉布裤、充满耐心又沉默寡言的来客相比，他也没少一分警惕。他已经找了他一个礼拜，而现在，他就在桥上，带着那个精雕细琢的手杖，手里拿着一只小纸袋，腰带上还系着一只陈旧的麻袋，看起来像是巨大而难看的大肚子，而那只可怜的老狗跟在他脚边，不时绝望又决绝地抬起自己被叮咬的口鼻——走上了沐浴在阳光中的桥，快活而又忧伤，仿佛一位残废的战士归来了。胡菲克朝着门边走去，这时那男人从车那边走下来，一路发出鞋子踩过砾石的声响，朝他迅速地瞥了一眼。胡菲克便走到店里的一角去，那里有块写了鼻烟信息的锡板，上面插着一支破掉的温度计，他假装在看温度，眼睛却看着阳光下的群山，吸了一口气，又走回来了。老人在马路上，朝着杂货店过来。那男人站在门廊上，一只手搭在邮筒上，食指插在表袋里，叼着一根吸管，带着一股专业杀手的镇静与冷漠，看他走近。

老人爬上门廊，男人说道：

亚瑟·奥恩比。

亚瑟·奥恩比的眼睛缓缓扫过，停在他身上。

是我，他说。

到停在那边那辆车里面去。我们走吧。

老人停住了。他看着这个男人，然后视线越过他，蓝色的眼睛里十分平静，他看着一只鸽子飞落下来，然后望得更远了，越过长满青草的坡地，一直到绿色的山峰，蓝色的峰尖升入遥远而无垠的天空，再无色彩和形状可以阻拦它上升，直到永远。

你听见了吗？

老人转过身。我先把货卖了，你应该不介意吧？他说。

你被逮捕了。你不需要再卖什么货了。

老人转过身朝着店铺，泄气地比画了一下，始终把那只装着人参根的袋子抓在手里。

我们走吧，男人又说了一遍。

于是，他走下门廊，一副凄凉的神色，而那条狗，始终温和耐心，转过身跟在他身后，它也看不清路，跟着男人硬挺的裤腿摩擦的声音，被一股无意识的习惯推着走，一直来到车子旁。男人打开车门，老人笨拙地爬上了前座。车门要关上了，他才发现狗仍然在外面，并不像他一样被逮捕了，他粗暴地拍打玻璃窗，车门朝他滑了过来，就要关上了。男人怀疑地看了他一眼。

他不知道该怎么开口，于是在刚坐下一分钟的时间里，他的下巴开了又合，像是喘不过气，那男人开口道：有什么要说的？

老人朝着砾石路上老猎犬站的位置摆了摆头，那狗抬头凝视着眼前这个机器，一脸迷茫。它怎么办？老人说道。

它？

带上它也没关系吧，是不是？

你这是抵抗，奥恩比，现在给我老实待着。他猛地要拉上车门，但老人的手杖从车门下方的踏板上伸出来，车门撞上手杖又弹开了，手杖也开裂了，两败俱伤。老人把它收进车里，仔细地检查着它的底部，俯下身子察看开裂处刺起的木须。男人又一次甩上车门，那门猛地给老人划出一道界限，差点让他喘不过气来。

男人正要绕车子走一圈，他没有多少时间了，于是他朝着右手边拉动手柄，又一次打开车门，把身子倾出去，呼唤着正站在几步开外的那条狗，他脸上满是惊慌失措的神色，身体前后晃个不停。

嘿，史库，老人轻声喊道。过来，快上车。

嘿！男人喊起来，你现在到底在干什么？

那狗往前挪了几步，又往后退去。那男人正要从一扇车门走到另一扇边上，他停下脚步，走回来了。老人挺直身子，看着他走过来。

我跟你说过了，男人说着大步走了过来，把手伸向车门。老人往后缩了缩身子，等待车门再一次朝自己砸过来，但是车门却被拉开了，男人的脸冒出来，带着毫无破绽的愤怒盯着他。你想逃跑？他问道。

我没有，老人说。我只是想让我的狗也上来……

只是想什么！狗？他扭过头，好像刚刚才发现有条狗。他们都说你是个疯子。去他妈的狗，你不许带上这条狗……

它已经生活不能自理了，老人说，它太老了。

我可不是捕狗队的，这也不是狗笼子，男人说。我被派来这里，难道是来抓一条半死不活的老狗吗？现在你给我在这辆该死的车里坐好，然后闭上你的嘴。他一字一顿地说完了这些话，老人开始担心了。他不得不让车门在自己面前关上，一言不发地等那男人绕了一圈爬进车里坐到他身旁。

它跟我一起上车不会碍到别人的，他说。我没办法就这样把它丢在这里。

老头子，男人说道，我劝你最好老实坐好然后闭嘴，你已经有够多麻烦了。他启动发动机，一口气把油门踩到底，老人觉得自己猛地被往后一甩，一阵灰尘飞腾而起，从他面前飞过去，而那条狗就站在小道上，砾石到处乱飞，车子的轮胎发出一阵喀嚓声，拐过一个弯上了马路，要离开了。老人拽着他的手杖，两个膝盖夹着那只肮脏的小袋子，转头看见仍然站在原地的狗，它仿佛一个古老的象征，抑或一切人类所面临而又无解之问题的残忍预言，那狗抬起头用浑浊的眼睛从耷拉的眼皮下看着，它颤颤巍巍地跑起来，跟在他们后面。

＊＊＊

沃恩朝那只水貂的皮毛上吹了吹气，它的毛发竖起来，像小小的水飞蓟。不，他说。大概值个十美元吧。你看看这个——他又吹了一口，这貂皮简直像棉花一样。一级的貂皮才值二十美元。男孩点了点头。

这皮抓都抓不住，沃恩说。是吧。他把它递回来。这块貂皮处理起来很麻烦，是不是？

男孩接过来，把它往后一抛，丢到了身后的木头搁板上。他从木头堆上下来，两人一起走出去了。一些黄蜂在屋檐下嗡嗡作响，长腿晃个不停。刺槐树上已经有细小的新芽。很快它就会只剩下一堆骨头，不过他不会再来看它了，就像有一次他把一只飞鼠装进玻璃瓶里，当他后来再打开的时候，只剩下一堆骨头和零星的皮毛，在玻璃瓶的内壁上沾了一圈，就像是长了层绒毛。

他们朝沃恩的房子走去，经过了杂货店。草地还是太湿了，就没有从那边走。

你有钱吗？沃恩问他。

没，他说。我一张兽皮都没卖出去啊，你呢？

我也没钱。我把它卖了，但是都花完了。我的钱来得快花得也快。买了双去学校要穿的鞋就差不多花完了。

你靠它们搞了多少钱？

那些兽皮吗？我也不知道，它们大多数都值个两美元吧。大麝鼠那张应该是三美元，我没记错的话，还有一些其他的，那个人跟我说太小了，最多值一美元。我一共有十八张兽皮，所以我记得总共应该是拿了三十一美元。

我应该能拿个六美元，男孩说道。有人欠了我两张的钱。

谁欠的?

希尔德。吉福把我的捕兽夹拿走的时候，他借了点钱给我。我在城里买那些捕兽夹的时候还签了一张收据呢——因为我先买了四个，但是那个老板按照一整打的价格算的钱。

你要是继续跟希尔德搞事情，还到城里去签什么字据，或者接着干这种蠢事，你最后绝对要被抓进去吃牢饭。你要庆幸吉福还没有这么干。

吉福就是个胆小鬼。

噢，沃恩说道，我还不知道他原来怕你啊。

沃恩有自己的房间，在房子的最里面。男孩坐在床上，沃恩正在一个古老缝纫机柜子最上层的抽屉里翻来翻去。他掏出来一把焊钳刀、三个箭镞、一把已经氧化了看起来十分光滑的来复枪子弹、一把手术刀，还有些石头、炸药的引火线，以及各种各样的钓鱼工具、一截已经干掉的人参根、一卷铜线……翻完这些乱七八糟的东西，他终于找出那本已经卷了边的小册子，封面上画着一只被抓住的猞猁，那幅素描画风格老旧，着墨也不怎么均匀。最上面用黑色的字写着书名：《北美毛皮动物狩猎指南》。沃恩充满敬意地捧着它。这是我从亚瑟大叔那里拿到的，他说。里面肯定有些东西。

在标题是“如何设置捕猎猞猁和山猫的陷阱”这个章节里，一个十分狡猾的方案吸引了他们的注意。把饵料从树枝上垂挂下来，让它悬在树桩上面，然后把捕兽夹设在树桩上，这样一旦猎物站上去——插图里画了一只用后腿站起来的猞猁，正在嗅那团饵料——它的前爪就要放下来搭在树桩上歇息，这样一来就会伸进——这也是那幅在虚线里的插图所画的——隐藏在树叶之下已然撑开的捕兽夹里。

沃恩郑重其事地点头表示赞同。就是这个，他说。男孩仔细察看了那个设置，随后沃恩把小册子收回柜子里。

你觉得那真的是只山猫吗?

我想不出来还能是什么其他的动物，沃恩说。就我知道的，这附近没有其他动物有这样锋利的爪子了。

我知道这十美元该怎么花了，男孩说道。

当班的警员一脸傲慢地搜了马里昂·希尔德消瘦的身体，看起来像是要给他一个下马威。希尔德也看着他，心情似乎相当愉快。警员专心看起了文件，嘴角挂着强忍的厌恶。他思考了几分钟，把一份文件放回办公桌上的文件夹里，然后拿起一支笔。名字，他厌烦地盯着墨水台，一边审问起来。

弗雷德·朗。

马里昂·佩雷斯·希尔德。职业？

冶金工人……

无业。婚否？

未婚。

已婚。地址。

田纳西州红枝。

诺克斯维尔九号路。嗯……年龄。

二十。

——八。前科。

一阵沉默。

前科。

警员抬起头看希尔德，好像发现他原来坐在那里一样，露出惊讶的表情。前科记录，他又说了一遍，放慢了语速。

又是一阵沉默。房子的最深处传来轻微的叮当声。警员等待着。然后他朝坐在门边的巡警示意。那人站起来，朝这位犯罪嫌疑人走过来，他走动的时候有某种干练的气息。希尔德转头看他。当他再把头转回来面对桌子后面那位警员的时候，巡警朝着他的肋骨来了一警棍。

嗷！希尔德叫了一声。

巡警露出苦恼的样子。前科，警员低沉地说，强忍住一个哈欠。

你不是什么都知道吗，希尔德说。啊！

巡警用一种狂热的眼神盯着他的脸，再一次准备好了警棍。

前——

没有，希尔德说道。

没有。

警员往后一靠，闭上眼睛，一副愉快而平静的神色。巡警也回到自己门边的座位上。房子深处的小房间里，传来零碎的微小声音，那是一个悲伤的声调在唱歌。警员翻了翻那几页纸。一些人从外边的走廊走进来，他们的脚步声啪嗒作响，夹杂着雨衣摩擦的声音，还一边咒骂该死的天气。一根炉管里咕噜咕噜地响起来。

警员最终再次看向希尔德。我想目前就这样，他说。你被逮捕是因为非法持有——走私货物。有个人要来看看你，跟你说几句话。

谁？希尔德问了一句。

一个叫吉福的家伙。你听过他吗？看守！

希尔德的第三位访客是那个男孩，他站在看守充满嘲讽的笑脸面前，瞪着大眼睛，一脸严肃。

你叔叔在那边，看守说道。有个小家伙来看你了。

男孩盯着坐在铁床上的男人。看守随着他的视线也看过去。好吧，他说，他看起来好像不太有精神，是吧？看起来恨不得溺死几只猫取乐。去跟他打个招呼吧。让这个可怜的家伙开心一点。

男孩走了进去。希尔德把视线落在他身上，挤出一个笑容，点了点头。那边那位你好啊，你这个猪头，他说。门在他们身后关上了，看守走开了，鞋跟啪啪作响，还有钥匙的声音，都回荡在走廊里。

嗨，男孩说，你怎么了？

好吧，我和这些长官有点小小的意见不合……比如说，一个人是不是可以载着没有交税的威士忌从一条靠税收维护的公路上面经过，或者说，因为没有交威士忌的税你就没有权利从这条根本就跟那些没交税的威士忌的税没有关系的马路上经过结果就是这些威士忌无论如何都是非法的。我觉得这样一来他们就要把你驱逐出境。

不，男孩说道，我的意思是……你出车祸了？

噢，没有……他们给我找了点麻烦，但没有出车祸。他粗暴地指了指自己脸颊和额头上花花绿绿的瘀肿。干得很漂亮，对吧？挂彩有助于增进互相理解……他们的头头吉福干的，还让两个手下抓着我。不过要不是我朝着他的蛋蛋来了一脚，他应该也不会这么上心。他们现在头疼的是要怎么让我赶紧消肿，这样我才能出庭。我的好几根肋骨好像断了，不过他们根本不知道。我要把这个留着当作王牌。过来坐下吧。他做了个鬼脸，把脚从床上放下来，腾出一个位置。

男孩什么也没说。他坐到铁床上，仍然盯着希尔德。然后他开口说：他个婊子养的。

啊，希尔德开口道。

他们怎么……你不是说绝不会出事的吗，他们是怎么……

怎么抓到我的？这也不是很难。其实我可以选择从桥上跳下去的。人有时就是得抓住机会啊。

什么？

汽油里面有水。我觉得应该是因为下了太久的雨。埃勒这个老家伙的油桶可能破了洞。无论如何这个老混蛋要付出代价。

车子到亨利街桥上就熄火了。

噢。

希尔德把身子一仰靠在水泥墙上，从烟盒里拿了根烟。

我要宰了他。

嗯?

我要宰了这个婊子养的。

什么？你说那个老混蛋吗？我还跟他没完呢……然后他只说了一句，噢。

就这么干，男孩说。宰了这个头头。

希尔德脸上的笑容消失了。等等，他说，你谁也不许招惹。

我要宰了他，男孩说。

不行，希尔德说。他冷峻地看着男孩，但男孩知道自己说的没错。

为什么？他说。

你必须远离杰斐逊·吉福，就这样，听见了吗?

你觉得我会惹上麻烦是吧，男孩说，我……

你简直是个顽固的小混蛋。你听着。

希尔德突然不说话了，似乎在思考什么，可能在思考接下来该说哪句话。听着，他说，我跟他之间的事情只是我跟他的事情。不需要别人掺和进来。所以我很谢谢你，但是不必了，你不欠我什么，而且我也不是个废人。我自己会跟这些个吉福算清楚，明白了吗？

男孩没有应声，甚至似乎都没有听进去。希尔德点燃了那根烟，看着他。男孩扭头又看了希尔德一眼，然后像是忽然想起了什么事情，把手伸进裤子的表袋里，掏出两张小心折好的一美元钞票，递给了希尔德。

这是什么？希尔德说。

我欠你的两美元。你借给我去买捕兽夹的钱。

你听着……希尔德刚要说话，又停下来看着男孩，他仍然举着那两张脏兮兮的钞票。好，他说。他接过钱，塞进自己的衬衫口袋里。好，我们两清了。

男孩沉默了一会儿，开口说：不要。

不要什么？

我们没有两清。虽然一开始可能是因为你我才被没收了那几个捕兽夹，但那也没什么，而且我自己把它们挣回来了，都付了钱，这样就没什么问题了……但是你因为我被打了一顿，还可能是因为我才被抓进监狱里……所以我们没有两清，因为这些事情我们才没有两清。

希尔德伸手把钱掏了出来，想了想这个事情，然后从床上坐起来，把烟头丢到地上踩灭了。他看着男孩。别管什么两清不两清了，他说。我让你离吉福远远的，就这样，你做得到吗？

男孩一言不发。

你能保证吗？希尔德说。

不能。

希尔德看着他，这张仍然稚气的脸庞上有一丝凶狠的决绝。听着，他说，你会让我已经够麻烦的事情变得更棘手，你……

我不想……

不，你先听我把话讲完，该死。

男孩照做了。他们看着对方，希尔德那张变形的脸像是被一群蜜蜂蜇过，他的身躯庞大而枯瘦，正往前倾着，男孩拘谨地坐在铁架床的床沿上，仿佛很不情愿坐在那里，不知道有多少人曾躺在那上面艰难地歇息。

你听着，希尔德深吸了一口气，说道，你想聊聊我们之间的账，没问题。我和吉福之间已经两清了。

男孩疑惑地看着他。

没错，他说。我踹了他，他揍了我。很公平不是吗？

男孩仍然保持沉默，平静地表示怀疑。

当然，希尔德继续说，我没有忘记把我抓起来这件事。我想你是觉得，因为他把我抓起来，所以都得重新算是不是？我不会这么想的，这是他的工作。他得靠这个吃饭。把犯了法的人抓起来。至于我，不只是犯了法，我得靠犯法吃饭。他把身子往前倾，看着男孩的脸。干三个小时赚的钱比苦力工人一个礼拜挣的还多，为什么？因为他这三个小时的工作更辛苦吗？不是的，是因为当一个人靠迟早要把自己送进监狱的勾当来赚钱的时候，他赚到的钱，代价就是要被抓起来，他只是被提前支付了酬劳，那些用来犯法的时间都换成了钱财，那些往后将被囚禁的时间，也都早早变成了赚到的钱。所以，我已经提前拿到了那些钱。吉福也得到了该得的。谁也不欠谁。要是没有什么吉福和法律，我也不会做我做的这些事情，但是，如果没有我这样的人，吉福也就不会有什么抓捕犯人的工作了。现在你说说，谁欠谁？

他提高嗓门，看起来要发火了。但是你，他继续说，你只想当他妈的英雄。好，我告诉你，根本没有什么英雄。

男孩似乎畏缩了一下，他的脸涨红了。

你现在明白了吗？希尔德问了一句。

我从来没说过想当英雄，男孩悻悻地说。

没有人会说出来的，希尔德说。还有，我也从来没有像你说的那样因为你才做某些事情。我只做我想做的事情。你要是想让我高兴，就离吉福远一点。也离我远一点。你不要再来这里了。你会害我被指控教唆未成年人犯罪。现在赶紧滚。

他靠回墙上，盯着眼前的空气。过了一会儿，男孩站起来朝着门走去，试着要打开门，希尔德头都没抬，也没跟男孩说什么，只是喊了看守。他听见看守走过来，钥匙哐啷作响，门刺耳地开了。随后都安静了。他抬起头。男孩站在门外的走廊上，侧着身，带着似有似无的笑意看着他，一副茫然的神色，就像一个面对不可改变之事实却仍然心存怀疑的人。希尔德抬起一只手告别。随后门锁上了。

他挺直身子，从床铺上半起身，想把他叫回来跟他说我说的不是真的。它们全都是他妈的谎言。他自己是个混蛋，是个亡命之徒，你完全可以朝他开一枪，把他烧死在这张床上，或者你要怎么做都可以。因为他是个彻头彻尾的叛徒，可能有人为了钱偷盗有人因为愤怒杀人，但他却为了钱出卖了自己最亲密的人，再没有比他自己说的更低贱的谎言，根本就没有人想靠近他。

* * *

它的肉垫轻柔地落到地上，有一种不急不慢的优雅，它的后腿跟上前腿，动作中带着猫科动物才有的精确，一阵波浪抖过它的肩膀，蔓延到髋部。它的腹部也轻轻地震颤了一下，虽然消瘦，但仍然下垂着。头压得很低，却始终像是固定在一条看不见的线上，不随身体其他部位而晃动。一股淡淡的霉味仍然粘在它的皮毛上，是那间它睡了一整天的外屋的气味，热气让它焦躁不安，待在堆满落了灰尘的枯叶的角落里，它觉得疲惫，四周能听到蟑螂抓挠或是爬行的窸窣声，还有缝隙里蛀虫咬噬的声音。现在，它从一小块空地上穿过，野草被烤得炙热，掉在地上的花朵沾满灰尘，它从一旁经过。黄昏时，它从狼藉的藏身之处出来，迈着猫科动物的步伐，走向狭窄小径。

它从忍冬花丛下一个阴暗的地道里走过，那里头的泥土都还潮湿，然后直奔浅滩，从马路地面下的排水管钻过去，来到一片牧场上，跑到一条干涸的沟渠里，干裂翘起的泥土让渠底看起来像是碎瓷片铺就的路面，它拐到被冲刷出来的水道上，那儿长满了乳草和芒刺，它循着一道可能是田鼠或者鼩鼱留下的若有若无的气味，一直来到草地里一个狭窄的洞穴前。它把爪子扑向杂草丛生的洞口，把洞穴弄塌了，整个往下陷进去，然后它穿过整个牧场，蟋蟀被惊得四处逃窜，蝗虫也从栖身的草秆上跳开，呼呼地飞走了。一道影子悄无声息地掠过头顶，或许是一群晚归的鸟儿。

牧场正中央的位置便是那棵孤零零的胡桃树，它被大片的田地层层包围，远离了倒在斧头和犁头之下的命运。它在石堆里到处嗅，灵活得仿佛一头在狭小迷宫里钻来钻去的雪鼬。有一股混杂了核桃和松鼠气息的味道。但它什么也没找到。

当它从石堆离开，也远离了长长的树枝时，一个膨胀而起的黑影包围了它，把它融进黑暗之中，仿佛墨水蔓延开来，当它半转过身时，那拍动翅膀的轻微声响停下来了，随后它难以置信地看见那对张开的硕大翅膀正扑下来，它再一次转身，那只猫头鹰像一颗掉落的石头打在了它的背上，这时它发出了低沉的怒声。

埃勒先生关上身后那扇带狮头雕像的门，确认门闩已经锁好。然后他检查了一遍叠好放在口袋钱包里的表链，挪了挪自己的草帽，便动身走上马路，朝家的方向走去。经过邮筒边上的时候，他被一阵又细又高的猫的哀嚎声吸引了，那声音显然就是从他头上高处传来的。他抬起头，但树上什么也没有。他摇了摇头就继续往前走，路上沟壑交错，他走得小心翼翼。嚎叫声又一次传来，这一回要远得多，像是在房子后面那片长满松树的山坡上。他继续往前，朝着门廊上黄色灯泡投下的暗淡而一成不变的灯光走去，朝着终结之所在走去。

* * *

诺克斯县福利办公室一位最近新招的社工被办公室领导告知，有一位穷困潦倒的老人被收押在县监狱里等待审判（被指控的罪名包括破坏政府财产和谋杀），需要前去进行一些调查，以便确定这位犯罪嫌疑人是否有家属，如果没有的话，要确认他应该委托给哪个部门或机构。这位社工获准后，走进了关押那位老人的单人间，开口问他：奥恩比先生？

是。

我代表县福利办公室来的。

福利？

是的。我们……你知道的，我们帮助需要帮助的人。

老人在脑子里想了想这句话，似乎没有太多地注意站在门边那个清瘦的年轻人，他挠了挠下巴，开口说，是吧，我一无所有。我觉得我帮不了你。

社工花了点时间试着搞懂这话的意思，最后还是放弃了。我们需要的东西，他说，就是跟你问一些信息。

老人扭过头看着他。你也是警察吗？他问。

不是，社工说道。我从诺克斯县福利办公室来……有人派我来看你——看看我们可以怎么帮你。

好吧，老人说，我不太相信。我是要被关进大牢里的人，那个毛刷山监狱。

是，社工说。我的意思是……你知道吗，奥恩比先生，你没准可以拿到一些补助。我觉得你被我们办公室忽略了挺久的一段时间，现在我们需要给你建一个，一个……档案，你明白些了吗？然后我这里有几张表格，需要你帮忙把它们填写完整。

嗯，老人应了一声。

你可以回答我几个问题吗？

可以啊，老人说，你来坐下吧。

谢谢你，社工说道，小心翼翼地坐到铁床上，打开自己的公文包。他把手伸进去，抓出来一沓打印好已经垫了复写纸的表格。现在，他终于不那么紧张了，第一个问题，你的年龄。

啊，我记不太准了。

啊？你说什么？

就是，我记不太清楚了。有些事情我已经不太记得住了。好，那你能告诉我你是什么时候出生的吗？老人疑惑地看着他。如果我知道这个，他耐心地说道，我就能算出来我现在几岁了啊。那我就会告诉你了。

社工挤出一个笑容。是的，那当然。那么你可以说个大概吗？你有六十五岁了吗？

要比这岁数大得多了。

那你觉得大概是几岁？

不是大概几岁，老人说，二选一吧，不是八十三就是八十四。

社工在表格上写下来，满意地盯着写下的字看了一会儿。很好，他说，接下来，你现在住在什么地方？

如果我现在八十四的话我能活到一百零五，但愿我只活到八十五就好了。

是吧，你的……

你哪年出生的？

社工从表格上抬起头。一九一三年，他说，不过我们……

日期呢？

六月，十三号。奥恩比先生……

老人抬起头望向天花板沉思着。嗯，他说，那是个星期五。感觉可不是什么好的开始。你出生的时候你父亲满二十八岁了没有？

不是，奥恩比先生，我请你帮个忙。这些问题，你能不能……

老人沉默了，社工盯着他看了一分钟。好吧，他说。你现在的住址在哪儿？

这个啊，老人说，我原来住在岔溪，三岔口那边，不过我搬到山里去了。我在山上搭了个小屋。

那个小屋在哪儿？

就在它该在的地方。

但我们得知道具体的地方，奥恩比先生。

那好吧，你就写三岔口，老人说。

你一个人住吗？

只有我和史库。或者说那时候是这样没错。

史库？

狗。

社工继续写着。你没有，我猜的，没有家人或者亲戚吧。

是的。

社工抬起头。好的，他说，我需要知道他们的名字。

我的意思是，我没有，老人百无聊赖地答道。

社工继续问他的问题，老人答着是或不是，或者给点信息。他的右手朝上放在膝盖上，开开合合地做着揉捏的动作，像是要把他手心里的什么东西捏软。许久之后那动作停了，老人挺直身子，紧握的拳头在微微颤抖，青筋在纸一般的皮肤上就像是印在上面的老旧蓝色线路，他坐直了，打断社工的话，问出了自己的问题：

你为什么不说想说的话？你来这里到底想说什么？为什么不直接问出来？

抱歉？社工说道。

我为什么要这样做。为什么要开枪，为什么要搞破坏？你从哪里来的？你说起话来就像是个该死的北佬。你靠什么过日子？问问题吗？

奥恩比先生……

奥恩比先生个屁。我能告诉你，为什么——但是你不会明白的。这样是不是很好。你可以继续这么坐着，问你的白痴问题。但你这样永远搞不清楚一件事情的。是吧，我年纪大了，我的人生里有过不少艰难的时刻，所以啊，我不觉得毛刷山会是个糟糕到哪里去的地方。

奥恩比先生，我觉得你有点太激动了，我跟你保证……

啊哈，老人应了一声。

奥恩比先生，剩下的问题不多了。如果你同意的话我找个时间再来。我……我们办公室觉得……

我觉得你可以这么干的，老人说。我那儿也不去。他靠到墙上，把一只手抬到眼前，像是要擦掉什么东西。然后他就那么一动不动地坐着，把手搭在膝盖上，脑袋上头发蓬乱，正抵在墙砖上，他找回了耐性，露出疲惫的神色，却表现出不容侵犯的尊严，浑浊的蓝眼睛沿着一排牢笼望出去，那是一个钢铁钉板打造的森林，人或站或躺在自己的铁床上，老人觉得年月的圈已经封闭了，最后一道弧线把他带回原点，他曾经在声与色的缤纷潮流中浮沉，一如今日已超然于人的世界之外。社工收好表格，把它们折好收进公文包里，老人已经闭上眼睛，社工轻声叫来看守，离开了。

看守陪着他穿过走廊。社工已经恢复了镇定。好吧，他快活地说，他是个脾气不好的老无赖，是吧？

这个老头吗？是吧。从他来到这里之后就什么都闭口不说，而且把他抓到这里也费了不少力气。

怎么回事？社工问道。

你说他怎么回事吗，他开枪打了四个人。路德·博伊德到现在还得拄着拐杖走路。

他杀人了吗？社工又问。

没有，但他应该试过。他可是脾气够坏的。

是啊，社工说着，沉思起来。确实是个不太正常的人。

像条蛇一样恶毒，守卫说。我们到了，当心门。

社工经过前厅的时候，和接待警员道了谢。他把公文包递到左手上，拿出手帕擦了擦自己的额头。他走过前厅老旧的地毯时，没有发出一点脚步声，颀长的身躯保持着端庄，步伐如猫般轻盈。

* * *

春天的时候，人们会看见他们在草地上散步，或者也可能坐在嗡嗡作响的割草机经过之后留下的长长草垛上，捡拾落在上面的支离破碎的白色雏菊花瓣，让它们轻盈地落在草地上。漫长的独白起了又落，他们谈论丰功伟绩，谈论人们，也谈论已经逝去的高贵时代。割草机如同军人列队般又沿着篱笆回来了，淹没了喋喋不休的谈话声。

山丘上的几座砖房在年岁中染上了一层黑灰色泽，令人畏惧，却又带着忧伤，仿佛一座古老碉堡的废墟。几家人经过接待处，走进明晃晃的阳光里，他们说着话，步伐缓慢，给他们无声的苦痛更加重了一层悲伤。那些还没有访客的人在草地上仓促地走来走去，像在搜寻猎物的猎犬，手舞足蹈却又漫无目的。

还有些人沉默地坐在草地上，没有人理会他们。他们带着严肃的眼神，如孩童般平静地看着。有微小的声音连续不断地传入他们的耳朵，而他们已经超然于悲伤和苦楚之外。有些人朝着过往的汽车热情地挥手，那些车子里坐的是要去郊游或是游泳的人们。他们之中最年长的人坐在稍远一些的地方，一口黄牙里叼着一根草，他回想起夏天。

炎热无风，满是尘土的砖红色山路上有蜥蜴爬行而过留下的细碎足迹，山路穿过桃园，沉浸在修道院般的无声中，没有鸟儿，唯独一只秃鹫在山坡阴影处那灰蓝色的空虚中盘旋，顺着气流往高处飞去，山路蜿蜒，路边挤满了晶莹翠绿的荆棘。园中坑井的浑浊积水之下，绿色的尸体露出一丝笑意，有蝾螈蜷曲在绿莹莹头骨的眼眶之中，水草宛若发丝。

老人在门边站住了，护工扶着他的手臂，把他领进屋里，但显然他并不想进屋，他眯起眼睛盯着男孩看，好像被太强的光芒刺了眼睛。他看起来比男孩记得的要老。护工拉着他进屋了，他缓缓地挪动着，脚上穿的旧靴子，鞋底已经磨得跟纸一样薄，正在水泥地板上摩擦着，发出窸窣的声响。

他们挪到了男孩坐的地方。这是你侄子，护工在老人的耳朵边大声说道。你记得他吗？

老人那耷拉的眼睑后边，蓝色的眼眸深处有一丝光亮一闪而过。我记得，他说。

护工让他在男孩旁边的藤条椅上坐好，随后离开了。他穿过那扇门，鞋底和地板摩擦的尖锐响声慢慢消失在走廊里。老人坐在自己的扶手椅里，盯着被涂成灰白色的石灰墙壁。

亚瑟大叔？

他转过头来。男孩把一大袋嚼烟递给他。

我给你带了一些烟来，他说。比纳牌的，你喜欢的那种。

老人缓缓地接过那个袋子，把它收进自己的衬衣里。谢谢了，孩子，他说，真的很谢谢你。

他们沉默地坐着。割草机从窗户下又一次开了过去，嗡嗡的声响由强到弱。传来了笑声，还有远处的一些声音，有人在哭，那声音极其轻微，仿佛是个感到孤独的孩童。

天气变热了，是不是？老人说道。

山里还有点雨，男孩说。上个礼拜天，应该是。

是吧，老人说。不过我觉得今年的雨水不多。才下了一场大雨。然后天气就热了，应该要热上一段时间。什么也没发生，什么也不能留下来。第七年了，该是什么样就什么样。

他正盯着自己两只鞋子间的地板，他的小腿有一部分从大开的靴筒里露出来，光滑、苍白，没有一丝毛发，就像两截浮木，往上又消失在裤腿里。人老了，他说，就不需要再算自己几岁了。你可以读出一些迹象，可以自己感觉得到了。我以前认识一个瞎子，很多事情发生前他就能有所预言。天气要变得越来越热越来越干。如果你什么都不懂，那么晚霜就是一个迹象。人们相信一切都是因四季变换而增长，但实际上并不是这样，人们相信这一点的话，能够得到的自然也就很少。实际上它是随着风雨增长的。对狩猎而言是如此，对于知道这些的人也是如此。我想起了一个冬天，那时候我还是个年轻人，在那个年代根本就没有冬天。甚至连霜都不下。要看清楚这个世界上的东西是如何增长的。第七年了，这已经是第七年了，这样再来几次你就跟我一样老了。

老人停住了，看着自己裤子上的一颗纽扣。然后他说：我觉得今年是个坏年头。今年过去之前，肯定有大灾祸要发生。

男孩问为什么，老人解释道，每隔七年就会出现一次凶年一次丰年。男孩思忖着。然后他说：这样一共是十四年，对吗？

这个啊，老人说，我觉得这取决于你怎么算。如果你只算凶年不算丰年，或者刚好反过来，那我觉得可以算是每十四年一次。我知道有些人会这么算。我自己是算每七年一次。

他望着一排藤椅上面的墙壁。护工领着一对年轻男女从门口经过。那女人拿着一条有黄色蕾丝的手绢在擦自己的眼睛。他们走过去了。过了会儿，男孩说：他们抓了马里昂·希尔德。

老人转过头，头上的银发随着轻轻地晃动，仿佛一阵风吹过。谁？他说。

希尔德。就是……经常帮霍比运威士忌的那个人。当时人赃俱获，他们把他关进毛刷山了。

我以为他的名字叫杰克，老人说。

不是，他叫希尔德。马里昂·希尔德。他是我朋友。

是吧，老人说。我记得在山上见过他一两次。他有辆黑色的车。我觉得应该是辆新车。你说他们把他送进毛刷山了？

判了三年，因为运输威士忌。

可怜啊，老人说，接下来一段时间可就没法时常见得到这个朋友了。没错，我记得这个孩子，不过我不记得自己是不是认识他。但愿他能比我好受一些。我和这里的一些人不太处得来。老人看起来像是想再说些什么，但他停了下来，看着男孩，他那毛绒般的细长眉毛因为忧伤或者愤怒而拱起来，眼眸也因为年月变成了陶瓷般的白蓝色，但仍然是凶狠的，那是一张从另一个时代来的旅人面孔。

你得在这里……待多长时间?

这里吗?他看着男孩说道。应该要待上一段时间吧，孩子。他们根本没说过我是犯了什么事，什么都没说，不过我猜他们是觉得我脑袋坏掉了。你知道的吧，这里可是个疯人院。他们想做的就是等发现我终于疯了，脑袋已经没办法思考了。他拍了拍收着嚼烟的胸口。小普利亚姆怎么样了？他说。

他搬到乡下去跟他祖母住在一块儿了，男孩说道。现在这里已经没有多少人了。

不是吧，老人说，他最后抓到貂了吗?

他没抓到。不过我倒是抓到了一只。

真的吗，嗯？换了几个钱?

一个子儿也没换到。有只山猫或者之类的什么东西，早我一步发现了它，把它搞得破破烂烂的。

太可惜了，老人说。你有没有设个陷阱抓这只山猫？

我跟沃恩确实这么干了。但是最后只抓到了一只很老的大负鼠。

猫很聪明，老人强调了一句。当然也可能只不过是只普通的家猫。它们见到什么都要挠一挠，猫都是这个样子的。家猫也很聪明。比狗和骡子都要聪明。人们总觉得它们不够聪明，因为教什么它们都学不会，但实际上是它们根本就不想学。它们太聪明了。我以前认识一个人养过一只会说话的猫。它们就互相说话，就像两个人在说话那样。那只猫总是让我避而远之，因为我知道它是怎么回事。这种事情挺常见的，某个人死了，它的灵魂附在一只猫身上待一段时间。会发生这种事情的，通常是那些淹死的人，或者那些死后没有被好好安葬的人。

但是不会比七年更长久了，所以他现在应该走了，我再也不用照料他了，要做的只剩下别让火烧了他，这一切本不该发生的，或许是我做错了什么才会发生这样的事情，不过既然已经如此，他也已经离开了，埃勒说他听见了什么，应该就是他，埃勒还想不明白到底是什么会发出那样的嚎叫声，但我没有跟任何人提起过这件事情——是他要离开猫的身体，离开一切，而且很有可能要下地狱了，但愿没有其他人听见他。如此一来，那个把他抛在那里的那个人或许有了正当的理由，或许没有，但他在上帝面前已经是自由的了，因为七年之后再没有人能来叨扰你，这是那个律师说的，但我在树林里巡逻了九年他说这是因为有必要的话可以延长两年但是到这个时候我已经太老了于是他们就把我抓了起来。

是吧，他说，有很多这样的事情，人们根本一无所知。猫很神秘，一向如此。他停住了，做梦般地把一只手从面前划过。随后他转向男孩。我觉得你长高了一些，是不是？他说。

男孩的手掌在自己的膝盖上摩挲着。应该有吧，他说。

嗯，老人说道。你后面想干什么，想过了吗？

我不知道，他说。没什么想法。

是啊，老人说，对年轻人来说，开头总是不容易。不过现在来钱的方式五花八门，不像我年轻的时候，赚钱真是不容易。那时候甚至有一种奖金，专门赏给找到尸体的人，诺克斯维尔有个家伙靠一根抓钩干得风生水起，他专门捞那些跳桥的人，每天都有。他们跟我说这家伙动作总是比其他人迅速，但再迅速，捞起来的人也已经咽气了。这都是他们说的。

不过我从来不是为了自己的利益才做这件事情的，因为我知道我必须要在树林里巡逻一旦他们最终发现是我做的就像我想的那样他们最后会知道的到那时候就算我有自己的理由还是会被说我这么做只是为了自己的利益。

当一个人变老的时候，他说，他会发现很多事情都可以顺利地度过，因此也就根本无须自寻烦恼，但是年轻的时候总会这样。我几乎工作了一辈子，因此也从未一无所有。年老的人似乎有了休息的权利，但他很快发现有些事情不得不做，因为除了他之外再没有其他人想要去做这件事。仿佛他如果不去做，它们就要消失殆尽。或许它们看起来微不足道，但它们却能引导你，就像你让一条猎犬去追捕角落里的一只兔子，结果它却带着你在夜色降临前跑过了半座山。不要让自己变得衰老。他在自己的藤椅上挪了挪身子，调整了一下姿势。所有人都想平静地活着，他说，而一个年老的人比任何人都更想要这样。

或者有人知道他们必须去做这件事。但我从来没有为了自己的利益做这件事。朝着那玩意儿开枪。因为我为了一个不认识的人保守了七年的秘密，我甚至没有看过他的脸，然后我遇到那些人，他们待在那里无所事事，如果我不把他们赶走的话他们很快就会知道那儿有个人，他们就会知道有人知道他们在那儿做的勾当。但我明白如果他们能在那里建起那玩意儿，那我怎么搞破坏他们还是能够再建一个的。所有人都想平静地活着尤其是个年老的人。

他们允许你在这里嚼嚼烟吗?

我拿不准，老人说，不过我没打算求他们批准。如果周围有人,我就偷偷摸摸地来。这里有些人就是会毫不犹豫地举报你。那些半疯的人。真正的疯子不会这么干。还有些人根本就不疯，像我一样，不过我不太确定他们会不会去打小报告。

我在想他们是怎么来到这里的，男孩说。老人用一只满是皱纹的干瘦的手摸过头发。我说不准，他说。这些人对我来说有点奇怪。我要问你，你有见到我的那条老狗吗?

没有，男孩说，我没见到它。如果你想要的话，我可以去你住的地方找找。

好啊，如果你有经过那里的话，就喊喊它的名字。至于要做点什么，我不知道该怎么跟你说。我也没钱找人喂它，我也没办法因为它老得不能走路了就一枪打死它，但没准别人会这么做……

如果找到它，我会照顾它的，男孩说。我也不会跟你要一分钱。

好，老人说着把手搭在膝盖上。他们同时抬起头，一个护理员迈着矫健的步伐穿过房间，在身后留下一串消毒水的味道，一股清洁剂的刺鼻檫木气味从走廊飘进来，两个黑人背对背正在拖地，后退着朝对方靠近。他们能听到拖把抹过地板的规律声响，盖过了房门转动时的漫长摩擦声，最终门关上了，他们又一次坐在寂静中，灿烂欢愉的阳光照进房间里。

这不是那个。他说：这些是什么？听诊器还挂在他的脖子上，他动起来的时候橡胶晃个不停。

这是猎枪造成的，老人说道，他半裸着，挺着身子严肃地坐在检查台上，双脚踩在地板上，直视着前方——于是，实习医生猛地把他转过去，一句话也没说，像是对待一个瘫痪的消瘦老人，后来老人平静地问他是不是想杀了他。

你那时候正在干什么，洗劫鸡窝吗？

老人没有回答。他又说：我知道她在这里。

如果她在这里她也不会想见你。

是我要见她。

当时，枪管收缩了，往后猛地撞进肩膀的凹窝里，他的脸颊抵在枪托上，他要径直走进去，一缕黑色的烟从枪口无声地飘起，子弹打进他的小腿里，可以听见那个声响，但肉体却无疼痛感，他又用同一条腿走了一步，随后朝前倾下，仿佛一脚踩进了窟窿里，然后他才听见开枪的声音。

你觉得你会回山里吗，男孩说。等你……回来的时候？

噢，老人说，这个啊。会的。会的，很大的可能性会的。我告诉自己该回到那儿去，山里头，我那个新地方，但我不知道能不能回去。在一个不习惯的地方人们最后都会感到孤独。我想自己回自己那栋老房子，如果它还没有倒塌的话。是这样没错。

他把脚放在木地板上。一道影子落在上面，他抬起头看见男孩站了起来。你要走了吗？他问道。

是，男孩说。我该回家了。

好的。谢谢你带烟来。

没什么的。

好吧。

我会再来。

不用了，老人说道。

不。我会来的。

好吧。

他在门边站住，抬起手。老人朝他挥了挥手，又剩下他自己一个人了。割草机又回来了。过了一会儿，护工来把他领出去。

他再一次站在法院大楼前，热浪和充斥着硫黄味的雾霾笼罩下来，马路上来往的汽车带不动一点风。他从口袋里掏出钱，用自己的手掌把它压平。他会剩下两美元，还有五十美分的零钱，他用那些皮毛换来的五美元五十美分，已经还了希尔德两美元，眼下他知道还得把这一块钱还掉。然后他往前走，把钱抓在手里，穿过拱门，经过不知疲惫的铜侍卫，走过了七叶树微弱的树影。他大跨步走上落满尘土的老旧台阶，进到大厅里，朝左手边拐去，又一次来到那个长长的柜台前，柜台后面有许多办公桌。只有一个女人在，不是他上次打过交道的那位。她坐在一台打字机前，那机器在空荡的房间里发出响亮的咔咔声。他站在柜台边看着她。她停了下来，抬起头。有什么需要帮忙的吗？她说。

麻烦你了。

她仍然坐着，手还放在打字机上。他盯着她看。她把手放下了，搭在自己的膝盖间，然后把椅子转过来，正对着他。他没有说话，她站起来，缓步走到柜台边，一边走一边扶了扶自己的眼镜。

嗯，她说，需要我做什么？

是关于补贴的事情，女士。猎鹰补贴。

噢，你有一头鹰。她看着他。

不是的，夫人。是我带过一头鹰给你们。他展开手掌里那一美元，轻轻地晃了晃，心想这笔钱会不会已经上涨了。我在想能不能把它换回来，如果不会太麻烦的话，他说。

她皱起眉头，鼻骨上方眉宇间的皮肉隆了起来。换回去？她说。你的意思是说你想把你的鹰换回去？

是的，他说。如果可以的话。

你是什么时候抓来的？

他抬头望天花板，又低下头。让我想想，他说。我想大概是八月份的时候，不过也有可能是九月初的时候。

老天爷啊，孩子，女人说，它不可能还在这里。八月底？为什么要拿回去……

你们怎么处理它们？他问，我觉得它们应该被保存起来的，肯定还有一些价值，或者有什么用途，不然为什么它们死了之后还能换一美元。

我觉得应该已经把它们丢进炉火里烧掉了，她说。肯定不可能留在这里。而且要不了多久它们肯定就都臭了，你知道的吧？

烧了？他说，把它们都烧了？

我觉得是这样没错，她说。

他茫然地看了看周围，又看回她身上，一直没有朝柜台靠过去，也没有碰到过柜台。把人抓进监狱里，然后殴打他们。

什么？她的身子往前倾。

然后把老人关进疯人院。

孩子，我很忙，如果你现在还有什么想要……

他再一次把手里的钱抚平，随后伸出手，一开始还有点犹豫，最后还是越过了柜台，把钱递给了她。给你，他说。我不能拿这个钱。是我搞错了，它不该被卖掉的。然后他转过身朝着大门走去。

你等一下，她喊起来。嘿！你回来，你不能就这样……

但他听不见后面的声音了，他现在已经穿门而过，跑过长长的大厅，朝敞开的大门奔过去，一阵风从大门吹进来，扬起贴在墙上的海报和通知单，他从它们一旁跑过，又一次跑进了五月毒辣的正午。

* * *

他们从诺克斯维尔过来的时候，男孩已经离开了，此时距离土葬已经过去七年，距离火葬也已经七个月，他们筛出骨灰，那些灰烬被春日的雨水击打，但眼下已经又干透了，粘在干硬的地皮上，他们筛出骨灰，发现了宛如化石般的细小骨块，那些灰白色的碎片和灰烬一样易碎，还找到了头骨，上面爬满虫子，还有虫子留下的纹饰般的痕迹，头盖骨里已经空了，被火烧过之后，它变得轻盈，仿佛变成了某种有弹性的烧焦纸板，牙齿已经腐蚀了，在牙槽上摇摇晃晃。他们还找到了一段黄铜拉链，已经被烧得变形，上面覆盖着一层厚厚的深绿色糊状物。

这就是全部了。他们在那里待了四个小时，那两位警官在法医面前毕恭毕敬地用手巾擦去碎骨上的尘土，然后递给他，让他把它们收进一个干净的白色帆布袋里。

埃勒先生用自己的尖牙咬着那卷气味浓烈的烟草，盖上手机，放回自己胸前的口袋里。那个头骨，他说。假牙里的填充物融化了，流得到处都是。

好的。那个头骨。约翰尼·罗明斯说着停了下来，左手里有一根卷了一半的烟，他比手画脚的时候，烟草丝掉了出来。所以，他说，我想问的是，那男孩知不知道呢，他知道那是他父亲吗？

我不知道，埃勒先生说。如果他知道的话，我倒是从来没听他说过。而且他五月还是六月的时候就已经走了，现在都八月四号了，他们才来搜查。要我说，知道那里的只有那个老头。

老奥恩比？这是他干的？

不对，埃勒先生说。当然他们也可以给他安上这个罪名，然后就不用再找其他人了。

但是他去通风报信的对吧？

据我所知是他说的没错。

约翰尼·罗明斯舔了舔烟纸，然后把它卷了起来。好吧，你相信那就是他吗？他说。

你是说，那是他父亲吗？我觉得这也是个问题。拉特纳太太说那就是他，男孩则是跑掉了，要去找出把他丢在那里的人。拉特纳太太说她在梦里都看见了——她说那是异象。

要是她真的能看见跟她丈夫有关的异象，也不至于要在三个州找他，吉福说。

埃勒先生扭头看警官。不对，他说，我觉得她确实能看见。不过我觉得她不需要这种异象。她是个虔诚的天主教徒，不管和谁结婚，还是因为她缺乏判断力，也都无法改变这一点。

警官看向杂货店老板。

那男孩也一样，埃勒先生又补了一句。

你就别操心那个男孩了，吉福说。我需要和他好好地谈一下。

那你得先找到他。

我在猜会是谁,约翰尼·罗明斯说道。会是谁把他丢在那里。我想，会不会是附近一带的某个人。

我猜可能是个从纽约来的人,警官说道。他转头看埃勒先生。还有他头骨上那块古怪的铁板是哪里来的，战争时留在里面的吗?

哪来的铁板?

好吧，其实根本没找到什么铁板。这一点她是怎么说的?

我觉得她没想起来要问这个事情。她第一时间都没想起来这个东西。如果他跟她说过，那她肯定很确信他脑袋里有这么一个玩意儿，其实只要她做个决定，我们也能下结论现在装在垃圾袋里的那些东西究竟是她丈夫还是别人。埃勒先生鼓起脸颊，无声地吐了口痰，唾沫从警官跟前飞过去，落在一个咖啡罐里。不过你也应该跟你的帮手提一下这个事情，他说。

谁?

里格沃特。

他不是我的帮手，吉福说。而且我没什么要跟别人说的，除非我觉得有必要。

埃勒先生研究着一只飞过的苍蝇，看起来像在思考飞行动力学的高深问题。好吧，他愉快地说，我觉得你说得没错。无论怎么说，别让他干傻事。

吉福充满怀疑地眯起眼睛。

你说什么？干什么傻事？

比如在山头上安营扎寨。还带了铁锹和纱网来。

他们周围传来一阵咳嗽声。一只装牛奶的箱子摔在地上，发出刺耳的声音。

嗯哼，吉福发出声响，从柜台上漫不经心地挺起身子，从撑得要裂开的口袋里掏出香烟，然后说：他在那上面干什么？

埃勒先生等着火柴从柜台上递过去，才开口说：可能在找那块板子吧。至少他现在要把骨灰筛出来，然后做成肥皂。

里格沃特在山里待了三天，才终于有人找到他，告诉他搞错了，那男人脑袋里根本就没有什么铁板，他这么做是在浪费时间，从头到尾就是个错误。头天晚上，他生了一堆火，坐在火堆旁，他的猎枪靠在一棵树上，那时他正在啜饮装在罐头里的咖啡，那条猎犬蹒跚着从火堆另一头的远处出现在空地上，它站在那里，已经瞎了，左右摇晃着头，像颗熊的脑袋，它抬起鼻子，想捕捉风里的蛛丝马迹。

嘿！里格沃特喊了一声，站起身，把咖啡倒掉了。嘿！他说着走到树边抓起猎枪。但他还没来得及看清楚，那条狗已经消失了，悄无声息地融进了黑暗之中。里格沃特抬起枪朝着夜色开了一枪，听着枪声交错的回音延续了一段时间，随后走回火堆旁抓起杯子，拿过壶倒满，然后蹲了下来，猎枪靠在他的膝盖上。他又听了一会儿，但什么都没听出来。他把壶放回石头垒起来的小台上，把滚烫的杯缘送到自己的嘴唇边。那条猎犬没有再出现。喝完咖啡之后，他把自己的毯子摊开，清空了枪膛，准备睡觉。

凌晨的时候他醒了，猛地坐起来，看了看周围。天仍然是黑的，火已经熄灭很久了，仍然是黑暗而寂静的，那寂静本身仿佛能被听见，星空是平静的，星体全然在听觉之外的维度中无声地碰撞着。他聆听着。在一排黑色的树影之上，是仲夏夜繁星点缀而无云的冰冷苍穹。他躺下来凝望着夜空，过了一会儿他睡着了。

当他再次醒来时，太阳已经升起。他仍然仰躺着，此刻低浅蓝天的空虚之中，有一只鹰在盘旋。他站起来，开始在四处走动，他觉得自己浑身僵硬，没睡好。他到林子里去走了一圈，回来的时候带着一把枯枝，用脚把它们踩断，很快火又生起来，咖啡也热了。他吹了吹热腾腾的咖啡，把发烫的杯子在手里递来递去，这时他发现一处被蚊子叮咬的地方，挠了起来。树上挂着个行军袋，离他的毯子不远，他从一个口袋里掏出一些冰冷的饼干吃掉。随后开始干活了。

坑井里的灰烬有一英尺厚，盖满了整个地面。他工作了整整一天，把灰烬铲出来，然后从坑井里爬上来，再拿带来的纱网筛过。下午晚些时候有几个男孩来到空地站了一会儿，盯着他看。他一直重复着这个工作，灰烬扬起一团团烟雾，从坑井里升腾而起。许久之后他们开始谈论起来。他锐利地看了他们一眼，没有停下来，筛着灰烬，在烧得焦黑的雪松块里辨别着。过了会儿他们咯咯地笑起来。他没有理会他们，这给他的工作蒙上了严肃的气息。但是一无所获。

可能有一些金牙，它们中的某一颗在唱歌。一阵嗤笑忽然传来，又消失了。里格沃特直起身看他们。有五个人，一块儿站在树林边，脸上带着笑。他拿着自己的铁锹回到坑井里。有那么几次他伸直脖子从坑井边缘望出去，想看看他们在干什么，但是他第三次抬起头的时候，他们中的一个发出了火鸡般的咯咯声，旋即他们都放声大笑，于是他放弃了，努力不再看向他们的方向。他一直拿着铁锹忙活。过了一会儿他听见坑井边有咔嗒咔嗒的声响。他抬头看的时候，男孩们跑掉了。随后一颗苹果掉进坑井里的灰烬之中，落在他脚边，扬起一阵烟。他停下来，伸了伸脖子。跟他猜的一样，又有一颗掉了进来。他看准了苹果飞来的路径，立刻从坑井边翻了出去，大步跑着顺手抓过猎枪，朝苹果飞来的方向冲过去。灌木丛里哗哗作响。有人在喊：跑，大家快跑啊！他要开枪打你们了，还要剥了你们的皮。另一个人喊：你要是有银牙就死定了。他停住脚步。声音远去消失。山下远处的路上传来大笑，还有一阵嘘声。他走回去干活。夜幕降临时，他已经变成一尊灰色雕像——脸上、头发和衣服都只剩一种颜色了。他吐了一口带着灰色的痰。甚至坑井附近的树都变得苍白，一副饱受侵蚀的模样。

夜幕来临时狗又来了。他听见它走在叶子上，停住，又迈开步子。他已经吃完了带来的最后一点食物，肚子一阵痉挛，睡不着。他撑着枪，等待那条猎犬走进火光中。但它没有出现。最后他还是睡着了，猎枪就躺在他的腿边。他太累了。

隔天早上他回到坑井里的时候，看见的第一样东西是一个看起来有年头的山羊头骨，头盖骨里塞满了锡箔纸。他厌恶地把它丢出去，然后拿起铁锹开始干活。

下午晚些时候，他的饥饿感消退了，他已经把整个坑井清理干净，能看见地下裸露的水泥，被难以辨析的燃烧物抹上了黑色痕迹，结了一层壳，他用铁锹把它们都铲掉，底下露出了一层绿色。

他手下的速度在加快，随着还没有筛过的灰烬越来越少，他也越来越绝望。吉福出现了，爬上这个山头让他气喘吁吁。里格沃特停了下来，视线越过小小的空地，落在他身上，他的鞋子上沾满了泥，满面怨容，脸颊涨得通红。他朝着坑井走过来，里格沃特支在铁锹上，抬起头看他。我猜，他说道，你是要来搭把手吗？我都干了……

蠢货，吉福开口说。妈的，你真的蠢得无可救药。他站在坑井的水泥边上，看着这个勤勉的警官，浑身落满灰，如幽灵般憔悴，他看见那堆已经筛过的灰烬，也看见了纱网、毯子、行军袋，还有那把猎枪。

你认真的吗？里格沃特说。

我搞清楚了。他根本就不是什么战争英雄。甚至都不能确定这就是他，而且就算是他——他脑袋里也根本没东西。

我自己会搞清楚有没有的，里格沃特说着，拿起铁锹俯身继续干活了。

吉福看着他，往后退了退，躲开刮起的风和扬起的灰尘。

几分钟之后，这位勤勉的警官从坑井里爬上来，把新挖的灰烬铲到纱网上，前后抖动着筛起来，他的眼睛里闪着狂热的光芒，如着了魔般匆忙地拽住整个银河系的命运，抗争着即将到来的最终毁灭。吉福点了根烟，靠到一棵树上。

里格沃特又甩出来两堆灰烬，然后筛过，当他再一次消失在坑井里的时候，吉福听到了手刨的声音，而不是铁锹的声响。他往前倾身，望进坑井里。里格沃特手脚并用地趴在地上，正拿铁锹尾端仔细地到处扒拉已经被刮过的坑底。他终于停了下来，抬起头。那个小混蛋在说谎，他说。肯定是他自己拿走了，这个婊子养的臭小子。

我们走吧，厄尔。

他自己的老爹，这位勤勉的警官说道。

吉福迈着让人厌恶的大步子，朝路上走去。当他走到苹果林的时候，扭过头往回看了一眼。里格沃特站在坑井里，只露出了一个脑袋，神情茫然地望着前方。

怎么了，吉福说了一声。

他仍然目不转睛地看着。

嘿！吉福喊了起来。

里格沃特转过头，迷茫地看了他一眼，那难以置信而又空虚的神色，仿佛是一场悲剧、一次灾难或是一次惨败的受害者。

你要不要坐车回去?

他从坑井里爬上来，朝吉福走过来，然后他突然加快了步伐，几乎跑了起来，手里拿着那把铁锹，在他身后一路跳跃着。吉福等他跑到自己身边，然后叫他去把猎枪和那些东西都收一收。

他们一起从果园里的小路往下走，脚步落在红色的尘土上，吉福轻轻地晃着身子，而里格沃特一脸憔悴，乌黑的眼眸里弥漫着困意，像一个阴郁的幽灵，两只枯瘦的手里，一只抓着猎枪，另一只拖着铁锹。吉福毫不费力地拎着行军袋，还有卷起来的毯子，时不时地瞥一眼里格沃特，眼神里带着同情，又带着鄙夷。两个人都没有说话，直到他们看见那条狗，它几乎就在马路边上，那里是到达栅门之前的最后一个拐弯处。他们经过了它，有那么一会儿，他们想看看它是不是还活着的时候，吉福被它的反应吓了一跳。它用一种奇异的轻巧姿势走到一道车辙上，仿佛一条在走钢索的狗，它还把头往后仰去，鼻子都要朝着天了，吉福本能地抬起头，想看看天上到底出现了什么迹象。铁锹在地面上拖着，发出沉闷的哐当声，他回过头，在这时看见里格沃特被猎枪的后坐力震得后退，随后在他耳边爆裂的枪声也让他自己退缩了一下。他扭过头看见那狗往前倾颓而下，头始终仰着，然后侧身倒下，躺在了路上的尘埃之中。

* * *

几扇小窗上的玻璃已经不见了，只剩下几块细小的碎玻璃还残留在手工打造的木头窗棂上。屋顶在堆满干草的阁楼木板上颤抖着，只有风住在这栋房子里。

叶子翻涌着发出声响，穿过整个院子，橡树在风中倾身，发出咔咔声响，甚至那座在石头垒砌的烟囱支撑下苟延残喘的房子，也在这风中更衰败了一点。大门敞开着，风奔跑着冲过起居室，卷起厨房地板上的枯叶，搅动了窗角结织的蛛网。他没有到阁楼上去。底下的房间都落满了尘埃，了无生气，除了几件破旧的衣物略有熟悉的感觉，其他已经全然陌生了。他回到院子里，在一棵树下坐了一会儿。看着一只水鸟从山影中掠过，展开弧形的双翅截住了一道倾斜的光线，随后划过一个巨大的圈，双翅一动不动地飞越林木，往水塘的方向去，落在了温热的黑水之中。他看着它落下。是什么吸引了他的耳朵？一阵翅羽又细又淡的声响，一道阴影划过，什么都没有。光透过西边乌云的缝，落在了小块礁石上。干掉的旧叶颤抖着枯萎了，变得脆弱不堪，发出年迈的声响，僵硬地滚过庭院，一路摇晃着，就像掉进海水之中的微小贝壳，它们或是旋转着，在古老的羊皮纸上盘绕而行，却什么信息都没有留下。

小拉特纳抽完烟，走回马路上。有一位年长的黑人经过，他高高地坐在马车上，拉车的骡子蹄上的铁掌磨损了大半，落在坑坑洼洼的柏油路上，那人就在蹄声的节奏中打瞌睡。他的周身是巨大的车轮，它们就像是被弹出的硬币，旋转着、翻飞着，划出不规则的抛物线，仿佛已经从马车上脱离开来，而如此这般二次对称的转动更只不过是出于纯粹的偶然。他闪到路边让出空间，他们十分费力地缓缓过去了，仿佛他们被施加了不合常理又难以理解的地心引力。那头饱受摧残而憔悴的骡子、那驾马车、那个人……他们摇摇晃晃往前去，轮辋和不甚牢固的辐条在前进中发出嘎吱响声……他们在日光闪耀中走入了从马路上升腾而起的热浪里，融化成苍白而破碎的景象。

他跟着他们，朝着岔道口的方向走。到山丘顶上的时候，他停了下来，回头望见那栋房子的屋顶上长满深绿色的青苔，塌陷下去的地方变成一个个黑色的洞。

夜晚。死去的被埋藏在地壳之下，在地球的转动中转过缓慢的一日，在日食、游星和落满尘埃之新星的平和中，他们的骨因为霉菌而染上纹路，他们被束缚的髓变成了脆弱的石，旋转着，他们的手指头被根茎缠绕，与图坦卡蒙乃至阿伽门农化而为一，与种子乃至未出世的化而为一。

这好像在报纸上找到了你的名字，他想着，读那墓志铭：

米尔德丽德 · 耶尔伍德 · 拉特纳

1906—1945

若是苦待他们一点，
他们向我一哀求，
我总要听他们的哀声。
《出埃及记》

这块碑石在这短暂的三年里，已经变成了灰沉而永恒的样貌，长满的地衣像给它上了釉，生锈的铁环歪斜着垂挂在上面，那些发皱的肮脏叶子已经支离破碎。他伸出手，轻轻拍了拍那块石头，那个动作仿佛是要勾起某些画面，找回与某个名字有关的誓言，想起某个地方、一些如幻象般的往事回忆，在那些回忆里浮现的面孔始终相互交错，却又真实而永恒。他抚摸着它，无论是木头的气味，抑或是在一个老人家中喝下的酒，都要比这块雕刻过的碑石来得真实。哪些是真实发生的，哪些又只不过是做梦，如今他已经不在乎了。

裤腿湿了，冰冷地贴在他的脚踝上。在那一方小小的大理石上坐下来，他脱掉一只鞋，摸了摸袜子，看它湿了没有，然后如同所有的旅人那样歇息着。十字路口的交通灯发出咔哒声，穿过高耸的杂草，越过曾经尖锐的铁栅栏的残骸，传到他身边。一辆车从他右手边的树林里冒出来，停了下来。车里坐着一对男女。那女人越过男人的肩膀看了他一眼，随后看向那个男人。两个人都看着他。交通灯又响了。他朝他们挥手，男人转头看见绿灯，踩下油门，那女人白皙的鹅卵形脸蛋仍然望着他。于是他又朝她挥了一次手，车子随即消失在一丛篱笆后边，车轮在马路上卷起一阵白烟。

他在那儿坐了一会儿，漫不经心地摩挲着自己的脚，轻声吹起了口哨。西边厚实的云层让夜晚提早到来了。已经有萤火虫飞了出来。他穿上鞋站起来，踏在潮湿的草地上，朝栅栏走过去。工人已经离开了，只留下了一堆锯末和木屑，在黑暗中，借着最后落下来的微光，能看见白色的树墩。落日余晖凿穿最后一层云，在转瞬即逝中给树染上了血色，给石头涂上了透明般的光辉，仿佛空气已然变成了美酒。他从栅栏的缝隙间钻过去，把毁坏的铁栅甩在身后，朝西边的马路走去，烟雨仍旧轻柔地飘落不停，被黑夜吞噬的陆地对残存的白昼念念不忘，成为先驱，扬起燃烧的旗帜，而逃亡的众物则在日光的尾迹中将自己的身影四散开来。

现在，他们都走了。逃走了，被死亡放逐，被流放，遗失了、颓败了。大地上，日光仍然炙烤着树，风仍然撼动着草。那些人没有留存肉体，没有残存子嗣，没有留下任何痕迹。此后，在居住于此的那些人的嘴唇之间，他们的名字是神话、传奇，以及尘埃。